報恩
隻黑貓
是帥氣
死神

文—陳四月
圖—多利

目錄

CONTENTS

1 重逢

在古老的傳説中，黑貓是死神的寵物、魔鬼的化身、厄運的象徵，看到黑貓的人都會有不幸事件發生在他們身上。不過以上統統都是未經證實的謠傳，只是人們對黑色的忌諱，迷信而生的都市傳説。

「來不及了……」夜幕下的馬路中央，穿著侍應服裝束起馬尾的少女，因為想拯救誤闖出馬路的小黑貓而不顧自己的安危，眼看著貨櫃車正以高速迎面而來，她緊抱著小黑貓並閉起雙眼。

貨櫃車司機因過勞而正在瞌睡，沒有發現眼前的少女，貨櫃車已快要撞上她。

「不，我不會讓你被帶走。」身穿黑色西裝的男子手握長柄的黑色鐮刀，如同鬼魅般突然出現在少女面前。

轟隆巨響嚇得少女張開眼睛，本應奪去她性命的貨櫃車被一分為二，在她左右兩邊擦肩而過，受驚過度的她快要昏倒。

「摩……摩卡?」在她失去意識前，最後映入她眼簾的，是男子那雙令她似曾相識的琥珀色眼睛。

「嗯，我回來了。」男子輕抱快要跌倒地上的少女。

「這一次，換我來保護你吧……主人。」男子把少女抱入懷中，伴隨黑煙消失在馬路中。

在那些都市傳說中，唯獨有一點是千真萬確的：若然對黑貓施予恩惠，他日黑貓必定會回來報恩；就算你被厄運纏身、就算你被死神盯上，黑貓都會來你身邊保護你、報答你。

較早前。

聖誕節夜，街上人來人往，普天同慶的氣氛籠罩全城，男女老少都各自有慶祝活動，但仍然有不少人在節日還是要忙碌工作，畢竟生活本來就不是件易事。

「謝謝惠顧。」便利店內，束著馬尾的舒雅面帶笑容，無論多疲累也不在人前表露。

「幸好有你來幫忙，安妮突然說不能上班，害得我們手忙腳亂。」節日當前，其他兼職員工刻意安排休假，和家人朋友團聚，除了舒雅。

「哈哈……反正我沒有節目嘛，就當來店裡感受一下節日氣氛吧。」舒雅的生活基本上就只有上學和做兼職。

「她常常心不在焉，工作態度又不認真，老是把自己的工作推卸到你身上，真難想像你們的年紀只相差一歲。」舒雅今年十九歲，是大學二年級的學生，雖然她年紀輕輕，但處事認真而且富責任心，比起同齡的學生表現得更成熟，深得中年女店長歡心。

「別這樣說嘛，她才剛入職不久，可能是還未適應吧。」舒雅從不怕吃虧，只要能令身邊的人舒服一點，她並不介意自己付出較多。

心地善良而且處事認真的舒雅雖然沒有如藝人偶像般的迷人美貌，但她有一雙清澈明亮的圓圓大眼，還配上小巧的臉型；只要在妝容和打扮上略花心思，不失為一個耐看的漂亮女生。

「但你今天真的沒有約會嗎？大學同學的聚會呢？男朋友呢？年輕真令人羨慕啊……」女店長問。

「沒有……我……我先去把過期的貨品丟到垃圾站！」舒雅找藉口終止這話題，她的愛情運很差，暗戀多年的對象被她關係親密的閨密捷足先登後，她的愛情細胞像是已枯死了一樣。

垃圾站在距離便利店後巷不遠之處，衣衫單薄的舒雅感到寒風刺骨。

「天氣真寒冷呢，讓我想起第一次和摩卡見面的晚上。」舒雅的父母多年前在一宗交通意外中離開人世，倖存的她傷心欲絕，幸好那時有過一隻黑貓和她相依為命，陪伴她渡過最艱難的時間。

「如果摩卡還在，牠會不會一直坐在玄關等我呢？」但那黑貓已經不在了。如今愈是熱鬧的氣氛，愈令舒雅倍感孤單寂寞。

經歷過這麼多苦難，舒雅依然咬緊牙根努力面對生活，為了支付學費和房租，舒雅把課餘時間都投放到兼職上，雖然生活艱苦，她卻不曾抱怨，因為她相信只要挨過寒冬，美滿的春天一定會到來。

正值對未來充滿期待的好年華，舒雅又怎會想到死亡是可以如此貼近，生命是那麼無常？

「貓貓，你怎麼在這裡呀？是肚子餓了嗎？」後巷內，一隻不停低喃的小黑貓吸引了舒雅的目光。

處理好垃圾後，舒雅想上前看看小黑貓的狀況，在她的眼中小黑貓是多麼的可憐無助，但她看不到這小黑貓散發著不祥的紫黑氣息。

「唉呀，不可以跑出馬路的！」靜靜靠近的舒雅驚動了小黑貓，牠突然奔走到馬路中央。

但這一切是經過死神計算的陷阱：舒雅擔心小黑貓的安危而追出馬路、一輛高速行駛中的貨櫃車正駛向舒雅所在的位置。

紫黑的氣息正催眠著貨櫃車司機，令疲勞的司機看不到路面情況。

「來……來不及了。」舒雅已來不及閃避，她的本能反應抱緊小黑貓想以自己的身體作掩護。

而這隻小黑貓也是死神的部署，用來誘惑舒雅此時此刻出現在馬路中心。

幸好，雖有死神想奪去舒雅的生命，同時間有另一死神不惜付出任何代價也要拯救她。緊閉雙眼的舒雅沒有發現一個紫黑色的漩渦正在她面前憑空出現。

「不，我不會讓你被帶走。」身穿黑色西裝、手握死神鐮刀的男子步出漩渦。

「就算要和所有死神為敵，我也不會讓你被他們帶走。」男子猛力垂直揮劈，把迎面而來的貨櫃車一刀兩斷。

被分割開的貨櫃車和舒雅擦肩而過，震耳的巨響和掠過的強風嚇得舒雅睜開眼睛，她看見陌生的男子正轉身凝望向她，但男子的一雙琥珀色眼睛卻似曾相識。

「摩……摩卡？」因為這雙眼睛和舒雅曾飼養的黑貓一模一樣。

「嗯，我回來了。」摩卡步向舒雅，並在舒雅失去意識昏倒前把她抱入懷中。

「這一次，換我來保護你……」摩卡怒視那差點害舒雅送命的小黑貓，小黑貓隨即化作黑煙消散。

「回去吧，我的主人。」摩卡抱著舒雅站起，他看著懷中人的眼神，既溫柔又悲傷。

在這聖誕夜，奇蹟發生在舒雅身上，但引發這奇蹟的並不是憐憫世人的上帝，而是收割靈魂的死神。

2 死神大樓

十年前，一個寒風凜冽的夜裡，在無人問津的街角暗巷，貓兒的嗚咽聲從紙皮箱傳出，人們都在溫暖的安樂窩享受著豐盛的聖誕大餐，唯獨這幼小的黑貓在挨餓受凍。

「喵……」小黑貓的叫聲愈來愈疲弱。

才睜開眼睛沒多久，小黑貓便遭到遺棄，狹小的紙皮箱能仰望的天空，已是牠世界的全部。

寒冷的天氣令小黑貓快要失去知覺，幼短而乏力的雙腳無法爬出紙皮造的高牆，小黑貓珍而重之的看著星空，因為牠知道若此刻閉上眼睛，便再也看不到這個世界了。

縱使世界對牠是殘酷的，牠還是不想放棄，想要走出囚籠，想要看更廣闊的天空。

直至牠筋竭力疲，快撐不開那雙琥珀色的眼睛，奇蹟，卻突然出現了。

「很溫暖。」小黑貓感受到柔軟的觸感，和令人安心的溫度，牠抬頭望向那片僅有的天空，天空被一個小女孩的臉佔據了。

「如果你無家可歸的話，要不要來我家？」小女孩把自己的紅色頸巾圍在凍得發抖的小黑貓身上。

「喵~」小女孩的眼睛比星空更令小黑貓著迷，小黑貓不斷低喃著，示意想要靠近她。

「那從今以後，多多指教呀。」善良的小女孩把小黑貓一擁入懷，改變了牠本要終結的一生。

時至今日，黑貓也沒有忘記這一晚，沒有忘記女孩明亮的眼睛，沒有忘記她溫暖的懷抱。

晨光映照進舒雅的房間，把她從熟睡中喚醒過來，舒雅已很久沒有睡得這麼滿足，因為她的手機鬧鐘沒有叮叮作響。

「嗯……發了一個好夢呢。」還未睜開眼睛的舒雅伸手摸向床頭找尋手機。

昨晚舒雅夢見了和摩卡初次邂逅的情景，那是她少數感覺到幸福的瞬間。

「嗯？毛茸茸的？」奇異的觸感驚醒了舒雅。

「摩……摩卡？你為甚麼會在這裡？我還在發夢嗎？」在舒雅床頭邊的，是黑貓摩卡。

摩卡是黑色毛髮的英國孟買貓，這品種的貓兒自控能力強，好動而且非常貪玩，動作靈敏，有出色的捕獵能力。

孟買貓性格溫順，常不停地發出愉快的嗚嗚的低喃聲，牠們平易近人，喜歡依偎在主人身邊，若冷落牠們的話牠們便會對你發脾氣。

「喵……」黑貓摩卡打了一個呵欠，彷彿還想繼續入眠。

「是摩卡嗎？真的是你嗎？」舒雅抱起摩卡細心觀察，她不敢相信眼前的一切是真的。

因為摩卡在五年前突然失去蹤影，自此之後就再沒有出現在舒雅面前。

「喵？」摩卡亮麗而且柔順的毛髮和琥珀色眼睛如昔美麗，貓奴從不會認錯自己的主子。

「沒有錯啊，是摩卡呢……」舒雅疑惑著說，她低頭一望自己的手機原來在摩卡之下。並不是鬧鐘失靈，而是摩卡刻意隔絕會吵醒主人的聲音。

「已經這時間了！糟糕了，我約了同學回學校圖書館做小組功課啊！快遲到了！」舒雅一向守時，摩卡的出現打破了舒雅的日常計劃。

但若摩卡沒有出現，舒雅便再沒有日常可言，她的靈魂本應在昨晚已被死神帶走。

「還未洗衣服，昨晚我是怎樣回來的？為甚麼我一點印象也沒有？」舒雅匆忙地換上便服，對於死亡的記憶她一點想不起來。

「貓糧！家中沒有貓能吃的食物呢……摩卡你乖乖在家等我，我會盡快買吃的東西回來的。」時間趕急，守時的舒雅不想遲到要別人等待，她總是把其他人的感受看得比自己重要。

舒雅想不起昨晚發生過的事，又搞不清楚眼前的摩卡是從何而來，迷迷糊糊的她衝出了家門，還未有機會被真相嚇驚。

「舒雅還是和以前一樣，無論怎樣忙碌都會先想到給我食物。」黑貓再次變成為穿黑西裝的帥哥。

「但……這段日子以來，她都住在這個亂葬崗嗎？」摩卡環視四周，穿過的衣服、翻開的書本作業、零食的包裝紙，這些東西隨處可見。

兩房一廳的單位，現在只有舒雅一個人生活，所有家務都沒有人能幫忙。

「還是和以前一樣，把時間都用在照顧別人身上，而忽略了自己吧。」摩卡銳利的目光瞬間看穿了舒雅的生活。

「不清理一下，住在這種環境下會危害身體的……」摩卡邊撥弄他及眉的劉海邊嘆氣著說。

「但現在最迫切的，是回死神部……不知道舒雅的名字在不在今天的收割名單上。」

原來摩卡已不再是尋常的黑貓，回到舒雅身邊的，是死亡的使者。

摩卡在觸控式手錶的屏幕上按了幾下，紫黑色的漩渦把他帶到另一個空間。

屬於死亡使者的空間——死神部。

死神組織坐落於人類可觸及範圍以外的陰間，它以一幢高聳入雲的商業大樓形式存在，這裡聚集數以萬計的員工，他們都是死神，負責處理靈魂的終結、以及靈魂的重生。

「今天來報到的靈魂真多呢。」大樓內，兩名員工正在茶水間看著玻璃幕牆外的景色，其中，束起金髮的那名男生悠閒地說著。

說是景色，但從大樓望出去只能看到一望無際的海景；在海上，只有一條寬闊的雙線行車大橋，橋上旅遊巴士絡繹不絕。

「每逢過時過節，我們便特別忙碌，不知道今個聖誕又有多少靈魂送來。」體型微胖的另一個男生不停把零食送進口中。

這條看不到盡頭的橋樑，是世人稱為奈河橋的地方，死後的靈魂會乘搭行駛在上面的黑色旅遊巴士來死神大樓報到。而另一條行車線，是給辦理好投胎手續的靈魂再次轉世回陽間。

「愈多人聚集慶祝，就愈容易發生大型意外事故，人類總是重複犯錯，不會從中汲取教訓。」金髮的男生苦笑。

「人生苦短，還是在能吃的時候盡情吃，能喝的時候盡情喝吧。」微胖的男生呆呆的說著，塞到口中的零食愈來愈多。

他們在成為死神前，也曾經在陽間和人類生活過、相處過，不過那時候他們的靈魂都不是存在於人類的軀殼。

就像摩卡一樣，死神生前不一定是人類，在亡者聚集的這裡，他們也不過是靈魂而已。

「又在茶水間偷懶嗎？哈利、小肥。」摩卡回到死神大樓，茶水間的兩位男生是和他一起在死神學堂畢業的同期職員。

「大樓今天很熱鬧呢，摩卡你的臉色為何這麼難看？」金髮的哈利友善熱情，常常面帶笑容，他生前是一隻體型龐大的金毛尋回犬。

「沒甚麼……」心虛的摩卡移開視線，他拯救了舒雅的事不能被其他死神知道。

「昨晚在我們的管轄區內，有一宗靈魂收割失敗了，負責的死神去到現場時找不到死者，也沒有發現她的靈魂，摩卡你有聽說過嗎？」體型微胖的小肥邊吃零食邊問，他生前是一隻十分饞嘴、胖胖的小倉鼠。

「沒有，那這個靈魂之後會怎樣？」摩卡裝作若無其事的問。

「應該會對她繼續進行收割吧……部長們正在進行會議，商討此事。」小肥回答。

死神組織由四個部門組成，摩卡所屬的是負責前線工作的「收割部」。

3 死神的工作

死神組織到底是從何時開始出現，職員們並不知道，他們只知道這裡由死亡之神創立，目的是有效率地執行靈魂收割。死神只不過是組織中渺小的一個職員。

死亡是靈魂成長必修的一課，這是死亡之神對每個新入職死神都會說的話。

「不在……舒雅的名字不在今天的收割名單上。」員工宿舍內，摩卡正檢視手機屏幕上的收割名單。

身為收割部的職員，每天也會按照自己所屬管轄區的收割名單，查看自己要收割的靈魂進行工作。

「但這只是暫時性的……」舒雅的危機還未徹底解除，摩卡知道死神的收割不會因一次失敗就結束。

「漫長的比併現在才正式開始。」摩卡了解各部門運作的模式，所以他知道要逃出死神的追捕是多麼艱難的事。

從調查到計劃，由計劃轉化為實際行動，死神的收割是經過精密的部署，像昨晚突然衝出馬路的小黑貓，就是出自計劃部的手筆。

調查部會對目標人物進行詳細觀察和調查，並把調查資料交給計劃部，然後計劃部便會因應目標人物的行為模式，制定出合適的方法令目標人物死亡，再由收割部的死神把靈魂帶走。

而摩卡昨晚之所以能救出舒雅，是因為收割舒雅靈魂的指示落在他的同事身上。他無意中在同事的電腦上看到舒雅將會在何時何地，以怎樣的形式迎接死亡，所以他及時趕到破壞了原定的收割計劃，並把舒雅帶走。

「該怎樣向舒雅解釋呢……那個老實的傻瓜。」但摩卡現在除了要阻止死亡再次降臨在舒雅身上外，還要想辦法向舒雅解釋事情的來龍去脈。

要令舒雅相信死神的存在和威脅，還要讓她相信自己就是和她相依為命過的黑貓摩卡，對於率直單純的舒雅來說，這些資訊都太過衝擊了。

大學圖書館內，舒雅正在和同學討論小組功課的工作分配，雖然她遲了出門，但她仍然是最早到達的組員，全員齊集的時間比約定遲了一小時，這令會議的時間拖得更漫長，而且同學還沉醉在節日氣氛中，準備工作沒有做好。

舒雅對此早已司空見慣，她總是照顧進步落後的組員、填補組員遺漏的部分、修正錯誤的資料，任勞任怨，盡心盡力。

「舒雅，你怎麼了？」但舒雅今天卻表現得有別於以往，她心不在焉，而且呆若木雞。

「吓？沒有，我只是在想事情罷了。」舒雅思前想後，也想不起關於昨晚所發生的事。

「摩卡……也是我的幻覺吧。」舒雅輕聲自言自語，她始終不敢相信。

舒雅沒留意到在圖書館內，身穿黑西裝的摩卡在她後方遠處扮作在看參考書，其實正暗中守望著舒雅。

「說是開功課會議，其實一個二個也無心向學，到限期來到前便全部推卸給舒雅，要她來執手尾。」摩卡很清楚舒雅，亦很清楚接近舒雅想利用她的人到底在想甚麼。

從小至今，只要在多於一個人的地方，舒雅就會成為吃虧的一人。

「一想到那些損友，就無名火起！」生氣的摩卡激動得弄皺了手中書本。

摩卡的舉動引起周圍學生的注意，穿著成熟又儀表出眾的他，本來已引來不少目光。

摩卡連忙放回書本，急急腳逃離圖書館。

「那男生……」剛好回望後方的舒雅，看到了摩卡的背影，但她沒有認出背影的主人，正是昨夜從死神的算計中救她一命的人。

摩卡之所以執著要從死神的手上救出舒雅，除了為報答舒雅對他的恩情外，還因為他看不過眼。

「叮~叮~」手機傳來鬧鐘的提示聲，步出圖書館的摩卡每天也會調校好幾個鬧鐘提示，以便他準時進行工作。

「又一個靈魂夠鐘離開了嗎？」摩卡望望手機，靈魂的收割是準確的、無情的，也是必然的。

摩卡是死神收割部的員工，收割部是組織裡員工最多的部門，在全球近七十八億人口裡，平均每一點八秒就有一人死亡，亦即是每一分鐘有一百零六人離世，每天有十五萬以上的靈魂被收割。

要應對如此龐大的工作量，收割部的人數自然相對的多，而每一個收割部的死神也會被安排到生前生活的地區工作，以提高他們的工作效率。

在每分每秒也有生命流逝的世上，其實死神和人類的距離是難以想像般的接近，我們每天都會和多個死神擦肩而過，只是我們都不察覺。

死神都擁有幾項人類沒有的特殊能力，其中兩項就是隱藏身影和改變形態。他們能選擇讓不讓人看到自己，也能改變出現在人前的形態，只不過他們大多數以人類姿態在人界活動，以方便進行引領靈魂離開的工作。

「是這裡了。」摩卡來到了一片荒廢已久的工地，這裡被鐵絲網包圍著，人跡罕至。雖然渺無人煙，但摩卡對這裡並不陌生。

「死者無名，享年四歲的三色貓，是你沒錯吧。」摩卡對躺在鐵筒旁邊的貓兒說。正確來說，是三色貓的靈魂。

「不用怕，我是來帶你離開這世界的。」摩卡把三色貓抱入懷中。

小小貓兒的靈魂末端還有一條細長像尾巴的幼線連接著肉體，這條人類肉眼看不到的線被稱為「魂之尾」。

「很肚餓？這只是你的錯覺吧，死了的靈魂是不會感到飢餓的。」三色貓對摩卡嗚叫，並以頭顱磨蹭他的手臂。

「反正距離巴士到站還有一點時間……又念在你長得挺可愛，就當是特別服務吧，親愛的客戶。」摩卡看看手錶，手錶上顯示著現在的時間和下一班前往死神大廈的巴士到站時間。

眨眼間，摩卡帶著三色貓的靈魂轉移到便利店前，這是死神第三項技能，他們能帶著靈魂作瞬間轉移。

「在這裡等我一下。」摩卡走進便利店，為三色貓挑選餞別禮物，靠著死神組織所發的工資。

「吃吧，這是我吃過的牌子中最好吃的，採用優質天然食材、無防腐劑、添加了豐富維他命，可說是罐罐中的極品。」摩卡蹲下為三色貓拉開了貓罐頭。

「以前舒雅常買給我的，那傻瓜省下自己的零用錢，也不買一點好吃的東西給自己。」

摩卡看著大快朵頤的三色貓說。

「嗯……我曾經也是貓呀，能遇上有心人收養，我比你幸運，不過……自由也有自由的好，起碼不用經歷離別的傷痛。」摩卡正和三色貓進行人們聽不到的對話。

摩卡對帶走三色貓的荒廢工地並不陌生，因為他也曾在那裡生活過。

隨處可見的平凡巴士站，同時亦是前往死神大樓的陰間巴士輪候地點。

「現在滿足了吧？滿足了就上車離開啦，雖然貓生短暫，但也辛苦你了。」摩卡從紫黑的漩渦中取出死神鐮刀，把連接著三色貓身體的魂之尾割斷。

被收割的靈魂坐上駛向死神大樓的巴士，這樣一個靈魂的收割便算圓滿結束。

三色貓直至巴士遠去也一直凝望著逐漸遠去的摩卡，牠很慶幸送牠最後一程的是這個溫柔的死神，那貓罐頭是牠生命裡最美味的一餐，亦是牠的短暫生命中，唯一一次嘗試到肚子飽滿的感覺。

「不知道舒雅有沒有在外面吃飽飯呢，不會又吃加熱食品當正餐吧？」摩卡對舒雅的生活看不過眼。

「這樣和慢性自殺是無分別的……」更對舒雅就此被終結生命強烈不滿。

摩卡不知道能守護舒雅多久，但最起碼他想要舒雅在離開人世前，能幸福過、能滿足過。為了達成這目標，摩卡不惜違背死亡之神的旨意，也要在未來接二連三的靈魂收割中拯救舒雅。

4 奇蹟

大學校門外，小組會議結束後，組員們提議一起去唱卡啦 OK 兼吃飯聯誼，但若有所思的舒雅拒絕了他們的好意。

「舒雅，你真的不去嗎？」其實組員們已猜到舒雅會拒絕。就算沒有心事，舒雅也很少參與同學聚會。

「嗯，你們玩得開心點吧。」舒雅微笑揮手道別。

本應盡情享受青春，多認識新朋友和新事物，多姿多彩的大學生活，完全無法從舒雅身上看到。每當她感到疲憊不堪，她都會安慰自己，這是為未來的美好人生而作的小小犧牲。

但有誰能告訴我們，美好的人生會何時來到？又有誰能保證我們能活到那一天？就連睡醒一覺能迎接新的一天，其實也無人能夠擔保。

「前輩……」舒雅身後傳來一把嬌媚的女性聲線。

「不用叫我前輩啦，直呼我的名字就可以了。」舒雅尷尬地回應，會這樣稱呼她的，只會是同時是她學妹跟兼職後輩的女生——嘉琪。

「謝謝你昨晚代我上班，要是我知道你有男朋友的話，便不會在聖誕節麻煩你了。」

嘉琪和樸素的舒雅相反，嘉琪總是穿著得時尚豔麗，精心打扮而且化妝得宜，嘉琪在大學一年級生中人氣高企。

「男朋友？我沒有男朋友啊。」莫說是男朋友，舒雅連異性朋友也沒有。

「那昨晚接你下班的帥哥是？工作群組正在熱議呢，那個以公主抱帶你離開的西裝男。」嘉琪亮出聊天軟件上的對話記錄，在員工們建立的群組，大家都聊得興高采烈。

在職場裡八卦無聊事比在學園傳播得更快更迅速，舒雅在討論功課時沒有留意到手機上已有近百個未讀信息。

「昨晚有人送我回家？」舒雅驚訝的問。

「對呀，據說你昨晚身體不適在馬路上暈倒了，那男生說自己是你的熟人，知道你住在哪裡，然後他就抱著你離開了。原來前輩你有個帥哥男朋友，難怪一直以來所有聯誼聚會你也不參加啦！」好奇心重的嘉琪，想套出更多舒雅男友的資料。

「頭……我的頭很痛。」強烈的痛楚突襲舒雅的頭腦，她的腦海突然浮現出零碎的片段。

「前輩，你怎麼了？」嘉琪扶住腳步搖晃的舒雅問。

迎面而來的貨櫃車，手執鐮刀的黑衣男子，還有似曾相識的琥珀色眼睛，本因驚嚇過度已回想不起的記憶，逐漸清晰的浮現在舒雅的腦海中。

完成了今天的靈魂收割後，摩卡回到舒雅的家，看著這凌亂得慘不忍睹的家居，就連死神摩卡也感到無奈。

「一個人生活竟可以堆積這麼多垃圾……舒雅到底有多久無打掃？」摩卡頭痛著說。

「這些報紙雜誌到底放了多久？全都鋪滿塵埃了……還有到處可見穿過的外套、衣襪，舒雅聞不到已傳出異味了嗎？」人們總是嚮往獨居自由自在的生活，但實際上要兼顧學業和工作，像舒雅這樣疏忽打理家居的人佔大多數。

日積月累的垃圾和數之不盡的藉口，這些都是蠶食人類生命的害蟲。

「這一本……是舒雅以前的日記吧？」摩卡在凌亂的雜物堆中取出了一本粉紅色的日記，但他還未來得及翻看，就被地上高速行走的黑色身影吸引了目光。

「蟑螂……殺無赦！」貓擁有獵食者的天性，看到蟑螂的摩卡和獵物開始追逐起上來。

「我要用我的利爪親手收割你這害蟲！」摩卡既是收割靈魂的冷酷死神，又保留著生前黑貓的天性，摩卡和舒雅的同居生活很快就要開始。

摩卡決定了拯救舒雅——不只是從死神的收割，還有從她崩壞的人生。但他現在還面對著一個難題，就是到底要怎樣向舒雅解釋一切呢？

天色已晚，舒雅漫無目的在小區踱步，回想起昨晚失去意識前的記憶後，舒雅不寒而慄，她想起自己是為救一隻小黑貓而衝出馬路，但是那小黑貓最終在她懷中化作黑煙消失，還有那個用鐮刀把貨櫃車一分為二的男子，兩者都超出舒雅的認知範圍。

「我到底是怎麼了？」迷茫的舒雅自言自語的說。

「咕……」直至肚子咕咕作響，舒雅才醒起自己一整天也未有東西下過肚子。東奔西走、顧此失彼，舒雅常因為專注於不同的事情而忽略自己。

「家裡好像沒有東西吃了……」為了節省時間和金錢，舒雅一直以來都把杯麵或加熱食品當主食，同齡大學生的社交媒體上都擺滿凸顯生活品味的美食和玩樂場所的照片，唯獨舒雅的生活如同這杯麵般乾涸而且缺乏營養。

「摩卡……」舒雅看到貨架上陳列了摩卡最愛吃的那款貓罐頭，頓時想起不可思議的事不只昨晚遇到的兩宗，她一覺醒來還看見了失蹤五年之久的愛貓。

眼淚湧上心頭，舒雅拿起貓罐頭飛快的結帳，沒有等待找贖便衝出便利店向家的方向全力奔跑。

五年前，黑貓摩卡大病了一場，舒雅帶摩卡到獸醫診所求醫，得知摩卡患上不治之症，就算動手術醫治也只能存活多三、四個月，而且治療過程十分痛苦，手術費用更不是舒雅能負擔得起。

「摩卡！」舒雅心急如焚不慎跌倒，但她沒有理會膝蓋的傷勢，又再站起奔跑。

醫生建議對摩卡進行安樂死以減少牠要面對的痛苦，但已失去雙親的舒雅無法接受。回到家後，淚流滿面的舒雅不斷打電話向親戚借錢求助，但是誰也不肯幫助舒雅和摩卡。

而摩卡，就是在第二天開始失蹤，從此在舒雅的人生中徹底消失。

「一定要還在家裡呀……摩卡……」舒雅一拐一拐的走上樓梯，翻找袋中鎖匙的雙手止不住抖震。

事隔了這麼久，舒雅認為摩卡已經死去；而事實上，摩卡亦是在離家出走後沒多久便已逝世，所以今天早上舒雅才認為是自己頭腦不清醒產生幻覺。

「摩卡！」舒雅推開大門。曾經只要舒雅回到家中，就會看到摩卡坐在玄關迎接她。

發生了不可思議的怪事後，舒雅想要相信奇蹟，相信摩卡回來她的身邊，那怕是鬼魂也好，舒雅也想再和摩卡見面。

「果然……是幻覺……」望著空蕩的玄關，舒雅的期望一掃而空，無力的她跪在玄關失聲痛哭。

「我真的很想你……摩卡。」眼淚傾瀉而下，舒雅已很久無哭過，因為唯有不斷提醒自己要堅強，她才有信心能挨過艱難的生活。

「喵~」熟悉的貓叫聲傳入舒雅耳邊。

舒雅抬起頭，和那雙耀眼的琥珀色眼睛對視。

「咕~」摩卡以舌頭輕舔舒雅受傷的膝蓋。

「摩卡……」舒雅緊緊抱著黑貓摩卡，到底這是現實還是夢境，是怪異還是奇蹟，對舒雅來說已不重要了。

重要的，是舒雅心心念念的摩卡回到她的身邊。

5 百日機制

翌日早上，黑貓摩卡凝望著熟睡中的舒雅，舒雅的眼皮又紅又腫，因為她昨晚把忍耐多年的眼淚一次過哭了出來。

「這傻瓜，受得太多苦了。」摩卡以掌中肉球輕按舒雅的額頭，舒雅最喜歡他粉嫩肉球的觸感。

昨晚在舒雅回到家前，摩卡正以人類姿態一邊翻看舒雅的日記，一邊苦思著要怎樣向舒雅解釋事情的來龍去脈，聽到舒雅開門的聲音後，手忙腳亂的他躲在牆壁後組織解釋的說詞，卻聽到舒雅淒涼的哭泣聲。

「那時候我不辭而別，我以為這樣能減輕你的痛苦，是我做錯了嗎？」當年黑貓摩卡之所以離家出走，是為了舒雅著想。

摩卡不想舒雅為高昂的醫療費用苦惱，也不想舒雅再經歷至親在她眼前離世的痛苦，所以才走到廢棄工地，獨自迎接死亡。

「摩卡……」發著開口夢的舒雅，昨晚抱著摩卡時雖然滿面淚水，但嘴角是上揚的。

「聖誕快樂呀……」舒雅還把貓罐頭當作聖誕禮物送給摩卡，自從成為死神之後，摩卡就沒再感覺過這麼心痛。

舒雅並不只把摩卡當成寵物看待，在她的心目中，摩卡是比自己更重要的家人，能遇上這樣的主人，是難能可貴的幸運。

「為了報答你的恩情，就算要付出任何代價，我也不會讓死神把你帶走。」黑貓摩卡聽到提示聲後輕輕跳下床，並躲在一旁變回人類姿態。

提示聲是由死神組織發出的特別會議召集，摩卡頓時有了不祥的預感，立即打開紫黑色的漩渦，趕回死神大樓。

死神大樓內，摩卡所屬管轄區的死神們正聚集在寬敞得能容納數百人的大型會議室，哈利和小肥向剛到達的摩卡揮手，三人並排坐在最後排的座椅上。

「發生甚麼事了嗎？」摩卡問。

「不知道啊，摩卡你昨晚去了哪裡？我想找你一起跑步，但你不在宿舍房間呢。」成為死神後，哈利還是保留著金毛尋回犬熱愛跑步的習性。

「啊……我在陽間閒逛了一會罷了。」雖然沒有明文規定死神在工餘時間要留在陰間，但死神們大多會留在死神大樓，因為大樓內供員工使用的娛樂設施應有盡有。

「閒逛？不像你的性格呢。」小肥貪吃的特質也和生前作為倉鼠時一模一樣，無時無刻也把零食塞進口中。

「肅靜！」穿著高跟鞋和黑西裝的黑髮女死神一聲呼喚，會議室內立即鴉雀無聲，她以銳利的目光環視四周，一瞬之間已點算好管轄區內所屬死神的人數。

她是摩卡等人的上司，死神收割部的其中一個部長——美娜。戴著眼鏡的她兇神惡煞而且聲線響亮，在場死神都對她十分敬畏。

「前天晚上，我們區內發生了一宗收割失敗的事件。」美娜在演講檯上説著因摩卡而起的事故。

「我已翻查過案發地點一帶的閉路電視，它們全都在案發時段無故失靈，這事件很可能牽涉死神職員的失當行為，若然在場各位目睹案發經過或有任何相關線索，立即來向我匯報，清楚嗎？」美娜背後的投影幕上展示著舒雅的照片，她緊盯著檯下職員，像是想從他們的面部表情找出犯人。

「會不會是計劃部的計算出錯，這女孩才會逃過大難呢？」善良純真的哈利不會懷疑自己的同伴，他覺得這只是一場巧合。

「計劃部是不會出錯的，會出錯的只有感情用事的人類。」美娜冷冷地回答，收割部和調查部的職員都是死後的靈魂擔任，唯獨計劃部與別不同。

計劃部的所有收割計劃，是由人工智能系統制定，不會被情感影響，也不會對靈魂憐憫，達致公平對待每一個靈魂。

「這女孩……接下來會怎樣？」摩卡問。

「組織會對她啟動百日機制，你們不用多管閒事，做好自己的份內事就足夠，散會。」美娜說罷便離開了會議室。

百日機制是計劃部的特殊備用系統，若然有人逃過計劃部精準計算的收割計劃，就會對這目標人物安排隨機的收割計劃，直至目標人物死亡。

職員們魚貫步出會議室，並開始今天的工作，而看到摩卡臉有難色的小肥，拉著哈利到茶水間說悄悄話。

「哈利你是調查部的職員，能把那女孩的調查報告弄到手嗎？」小肥輕聲問。

「可以是可以啦，但為甚麼要這樣做？」頭腦簡單的哈利不明所以。

「你別問啦，找到這女孩的調查報告後就轉發給我吧。」小肥開始懷疑，這突發事件和他認識的死神有關。

接下來的一百日，舒雅無時無刻也會面臨死亡的威脅，而且這次摩卡無法再預先知道收割計劃的內容提前採取行動，要從死神魔爪中救出舒雅會變得更加困難。

變回黑貓的摩卡再次轉移到舒雅的家，他本來想著能神不知鬼不覺回到舒雅的被窩中，但舒雅已經醒過來，發現摩卡不見了的她更方寸大亂，翻箱倒籠。

「摩卡？你又躲到哪裡啦？不要嚇我呀……」重遇摩卡後，舒雅像是淚腺失控一樣，動不動就眼眨淚光。

畢竟摩卡已失蹤了五年，對於摩卡回到自己身邊，舒雅還是處於不安中，害怕這份幸福隨時煙消雲散。

「喵？」摩卡扮作若無其事，在床下探頭出來。

「我快被你嚇死了！」舒雅把摩卡一擁入懷。

摩卡放軟身體躺在舒雅懷中，任她輕撫自己柔軟的毛髮，害舒雅變得這麼敏感，這般神經質，其實摩卡十分內疚。

如果我當時留在舒雅身邊直到最後一刻，會不會是對她更好的選擇呢？

「咕嚕……」摩卡想起死亡之神所説的話，當時摩卡沒有深究這話的意思，直至他與舒雅再次重逢。

摩卡的死，或者不只是對於摩卡，對舒雅來説也是至關重要的一堂課。

「摩卡，我想起以前你明明就在家中，我卻找不到你。」舒雅擦乾眼淚微笑著説。

「喵？」摩卡側著頭顱問。

「因為你全身黑漆漆的，只要你藏在暗處就像有保護色一樣。」舒雅説罷親吻了摩卡的臉頰。

「吔噢！」害羞的摩卡立即跳到地上背對著舒雅。

「哈哈，你還是和以前一樣，我一親你你就迴避我呢！別跑，我今天要把你親個夠！」

五年以來，舒雅最幸福的瞬間就是現在，但可恨的死神組織卻隨時會將她帶走。

「咕……」被抱起的摩卡以一雙小手按著舒雅的嘴唇，阻擋著她的親吻。

看著這麼珍視自己的舒雅，摩卡的意志變得更堅定，百日計劃也好，千日計劃也好，摩卡也誓要全部阻擋下來。

6 死神的耳語

要拯救舒雅，除了要保護她的人身安全外，還有另一個重要的任務。

摩卡咬起一盒牛奶，放在舒雅前面。

「摩卡？你想喝這個嗎？」舒雅伸手想拿起牛奶並打開。

「喵！」但兇神惡煞的摩卡邊尖叫邊拍打牛奶盒。

「你為何這麼生氣啦？」舒雅畏縮著拾起牛奶，過去摩卡生氣時，舒雅也不敢貿然接近。

「啊……這盒牛奶過期了呢。」是過期已經半年，喝下隨時會有生命危險。

「我看看……雪櫃裡應該還有其他牛奶的。」舒雅躡手躡腳的避開地上的雜物走到廚房。

「哈哈……其他牛奶也過期了呢。」舒雅苦笑著說。

要拯救舒雅，更重要是改變她現在的生活態度。

「咕……喵！喵喵！」摩卡一邊踱步一邊撕抓地上的雜物以示對這惡劣住宿環境的不滿。

黑貓雖然皮毛烏黑，但貓兒其實都喜歡清潔的環境。

「哈哈……因為最近很忙嘛，所以我才少了進行清潔，你忍耐一會……周末！這周末我一定會清理好的！」會向貓撒謊的人類並不多，舒雅沒有清潔家居的日子可以已經按年計算。

「咕嚕……」如果貓豎起尾巴對你低聲嗚嗚叫，這是牠十分生氣的意思，現在摩卡正是以這姿勢怒視著舒雅。

「對了，摩卡，我剛剛在找你時發現了很有趣的東西。」舒雅想轉移話題。

「登登！是你以前用過的貓碗和貓砂盤呀。」摩卡生前使用的東西，舒雅一直沒有丟棄，反而珍而重之的收藏在大膠箱內。

「喵……」看到充滿回憶的物品，摩卡頓時收起了怒氣。

「我還以為不會再有機會用到……你回來真的太好了，啊！這逗貓棒你以前很愛玩的。」舒雅取出一件又一件摩卡的物品，一塵不染的物品光潔如新。

舒雅沒有忘記過摩卡，這一點摩卡其實也很清楚。在死神學堂畢業後，摩卡不時也會探望舒雅，兩人無數次擦身而過，只是舒雅並不知道。

「喵……」這主人一直讓摩卡放心不下。

摩卡慢慢走到舒雅身邊，她昨晚跌倒留下的傷口，到現在還未好好處理過，摩卡用舌頭輕輕舔著舒雅膝蓋上的傷口，貓兒舔主人是想表示：我很喜歡你。

總是把別人的事看得比自己重要，就算傷痕累累也義無反顧。

「但我們有很多東西要添置呢，貓糧、貓砂……還要帶你做身體檢查。」舒雅邊以大拇指搓揉摩卡的額頭邊說。

「喵！」摩卡突然想起一件事，她不是來增加舒雅經濟負擔的，而且死神不需要進食，也不用排泄，更莫說身體檢查。

「夠鐘回校上課了，摩卡你乖乖留在家中，不要再突然消失啊。」舒雅的臉慢慢靠近摩卡。

「真的不讓我親一下嗎？吝嗇鬼。」她的詭計被摩卡發現了，雙唇再次被貓掌阻擋。

「晚點見啦，摩卡。」但就算親不到摩卡，舒雅還是心情大好，因為她知道會有人在家，會有人在等待她。

「若你見到我這模樣，還會說我吝嗇嗎？」舒雅走後，摩卡變回了人類姿態，死神蒼白的臉竟然泛紅起來。

「現在可不是上學的時候啊，要盡快告訴舒雅死神盯上她的事。」問題是摩卡還未想到要怎樣解釋，解釋正在和她同居的，不是普通的黑貓，而是冷酷的死神。

「叮～叮～」提示聲響起，摩卡是時候要進行死神的工作。

百日機制已正式啟動，舒雅無時無刻也面對著生命威脅，但摩卡不能廿四小時留在舒雅身邊，因為他還有死神的工作要辦。

而另一方面死神組織中已有人開始懷疑摩卡，摩卡改變了舒雅的生死命運，無疑是背叛死神集團的行為，要是被人發現，後果將會不堪設想。

商業大樓內，一間小型企業的老闆剛好完成一宗利潤豐厚的交易，四十出頭的他意氣風發，已婚的他育有一對聰明伶俐的子女，妻子持家有道，一家人相處融洽，他正值人生的高峰時期。

但無論你正值高峰還是低潮，死神還是會準時來訪，在死亡面前，一切財富成就也不過是無力的身外之物。

死神摩卡隱藏著身影，穿插在職員之間，一路走向老闆。

「你們有沒有覺得很寒冷？」和死神擦肩而過的人，都會突然感到一陣陰森的寒意掠過。

「忽冷忽熱的，是生病了嗎？」老闆不以為然，其實死神已在他的耳邊。

「看看手機吧。」慶幸死神今天的目標並不是他，摩卡在老闆耳邊輕輕細語。

死神的耳語，有著驅使人遵照他的意思作出行動的神奇力量，人們以為的靈光一閃，很多時是受到死神的影響而不自知。

「手機……有人找過我嗎？」老闆把全副精神都集中在工作之上，一直沒為意在會議期間震動過不少次的手機。

「老媽……老媽出事……」看到密集的短訊留言，就連白手興家的成功企業家也驚愕不已，方寸大亂。

收割部死神的職責只需要切斷靈魂的尾巴，按時帶靈魂離開就完事，但偶然人類會遇上死神的祝福。

醫院病房內，老闆的兄弟姊妹、妻子兒女已早一步趕到，他虛弱的母親躺在病床上默默看著房門，寂靜的病房內醫療儀器發出的聲音格外響亮。

「老媽！」心急如焚的老闆衝入病房，趕及在死神帶走他的母親前見她最後一面。哭泣聲蓋過了醫療儀器發出的聲音，在最後的十分鐘裡，老太太都帶著慈祥的笑容，看著齊齊整整的家人，安祥的離開人世。

「需要再多看一會兒嗎？」死神摩卡問已離開肉體的老太太的靈魂。

「不用了……這輩子我已過得很滿足。」老太太的丈夫早已離世，堅強的她單靠一己之力照顧好家庭，並把兒女養育成才，能在生命的最後一刻看到兒孫滿堂的景象，她已不枉此生。

摩卡之所以提前通知她的兒子，讓他不錯過見老太太最後一面的機會，是為了能讓她了無遺憾地離開。

「辛苦你了，請跟我來。」摩卡恭敬的向老太太鞠躬，心存善念、多行善舉，人類相信這是得到死神祝福最直接的方法。

但摩卡知道事實並非如此，作奸犯科的人長命百歲，行善積德的人英年早逝，在成為死神的日子裡，摩卡早已習慣這種不公平的事，直至死神的魔爪伸向舒雅。

陰間巴士到達輪候地點，摩卡以死神之鐮切斷了連接老太太肉身的魂之尾。

「我的兒子，是你提醒他前來見我最後一面的吧？」老太太踏上巴士後轉身問。

老太太知道兒子為了家庭把所有精力都放在工作上，總是錯過接聽來電，所以躺在病床的時候，她已有心理準備和兒子緣慳一面。

「謝謝你，你是個溫柔的死神。」老太太微笑著向摩卡鞠躬道謝，隨後巴士便關門駛向陰間。

「舒雅……還很年輕。」呆看著巴士遠去的摩卡自言自語。

「她應該經歷更多，她值得得到更多……」説著説著，摩卡激動起來。

「沒有得到幸福就被帶走，我絕不容許！」摩卡幻想著舒雅年華老去，兒孫滿堂的情景説。

每一個人想要的幸福也不一樣，有人希望兒孫滿堂，亦有人渴望名成利就，但摩卡不知道舒雅想要的幸福裡，這些都比不過一隻黑貓重要，一隻曾陪伴她走過最艱難時刻的黑貓。

7 曝光

大學圖書館內，結束了課堂的舒雅總會在這裡出沒，除了在這裡溫習功課外，舒雅還兼任了圖書管理員，雖然薪水微薄，但這裡提供了大量的書本供舒雅作免費娛樂，所以她很喜歡這份工作。而且圖書管理員的工作並不忙碌，校方也不介意她在空餘時間做自己的功課。

「摩卡回來後，有很多東西要添置呢。」站在梯櫈上的舒雅一邊整理高層叢書，一邊思考著說。

「無論如何，只要有摩卡就好了。」舒雅再次露出了久違的、發自真心的微笑。

「前輩笑得真甜呢，摩卡就是你男朋友的名字嗎？」嘉琪突然探頭出來，嚇得舒雅差點失足從梯櫈墮下。

「不是……是我家黑貓的名字。」舒雅總是對這個兼職和學校的後輩感到無輒。

「原來前輩有養貓嗎？我也很想養一隻呢，要是我日後遇上養貓的問題時，一定會請教你的。」活潑開朗、個性主動、喜愛發言，但又愛自問自答，舒雅覺得嘉琪和自己是活在不同世界的人。

「啊……」舒雅勉為其難的答。

「我男朋友還在等我呢，我先走啦！對了，有機會的話我也很想見見前輩的男朋友呢，那個傳聞中的帥哥。」嘉琪説罷便轉身離開，沒有等待舒雅回答，也沒有給機會舒雅否認。

但嘉琪的説話，提醒了舒雅一件重要的事。

「那個穿黑西裝的男生……那迎面而來的貨櫃車……」那晚所發生的事，不是夢境，也不是幻覺。

「我是不是……已經死了？」一想到這裡舒雅便不寒而慄，手上的書本都掉落到地上。

舒雅彎身想拾起地上的書本，她不知道這股寒冷的感覺並非心理作用，而是死神作祟。一排排高大的書櫃滲透著人類眼睛所看不到的紫黑亮光，這是死神在物品上動過手腳的痕跡。

死神計劃部沒有放棄對舒雅進行收割，高大的書櫃如骨牌般一個推倒一個，朝舒雅的位置倒塌過去。

「是甚麼聲音？」好奇的舒雅抬起頭。

本來一個書櫃墮下的力量不足以致命，但在骨牌效應下力量愈來愈大，舒雅看不到相繼倒下的書櫃，所以沒有作出任何反應，直至她眼前的書櫃迎面傾倒。

「呀！」舒雅閉上眼睛，但她只聽見書本在兩旁掉落的聲音，身體卻沒有受到傷害。

「先是以貓作誘餌，再來是從舒雅的興趣下手，計劃部的作風真夠卑鄙。」完成工作後的摩卡及時趕到，單手張開紫黑的障壁擋住壓下來的書櫃。

「給我……統統返回原位！」摩卡發力一推，把書櫃反推回去。

「黑色……西裝……」舒雅看著眼前人的背影，和在危急關頭把貨櫃車一刀兩斷的男人的背影重疊起來。

「舒雅，無受傷吧？有哪裡覺得痛嗎？」摩卡把舒雅扶起，在死神的紫黑力量下，掉落的書本也自動歸回原位。

「聖誕節時……是你救了我嗎？你到底是誰？」舒雅說著身體抖個不停。

「我……」因為情況危急，摩卡沒有隱藏身影，暴露在舒雅面前。

「這雙眼睛……為甚麼和摩卡的這麼相似？」舒雅想要伸手觸摸眼前人，就在她快要碰到摩卡之際，摩卡卻如煙霧般消散。

「發生甚麼事了？」巨響引來了其他學生圍觀。

但一切也像是沒有發生過，只有驚魂未定的舒雅留在原地。

「被舒雅發現了嗎？不……我不應該逃跑的，現在正好是對她說明來龍去脈的時候。」摩卡逃出圖書館，但他前行了幾步後又突然停下。

「慢著……要怎告訴她才不會嚇壞她呢？舒雅這麼膽小，會不會直接被嚇死的？」摩卡在圖書館前自言自語，沒有發現慢慢步近的男生。

「原來你還未告訴她被死神盯上的事嗎？」男性的聲線夾雜著咀嚼零食的聲音。

「你叫我怎開口啊？萬一她知道我是死神後，以為我是來害她的怎麼辦？而且告訴她我是死神，不就等於告訴她我已經死了嗎？」苦惱中的摩卡驚覺有人對他發問。

「果然是你在搞鬼呢，摩卡。」生前是倉鼠的死神小肥說。能看見隱藏身影的死神，就只有同樣是死神的人。

「小肥……你怎會在這裡出現的？」摩卡提高警覺，像是準備撲向獵物的猛獸，蓄勢待發。

「重點不是我怎會在這裡出現，而是還有誰知道你暗地裡在做的事。」小肥倒轉手上的零食包裝搖晃，內裡已空空如也。

妨礙靈魂收割、擅改人類命運，單是這兩條罪行，已足以剝奪摩卡作為死神的資格。

「換個地方說話吧，舒雅的小貓咪。」小肥狡猾地笑著說。

「你到底想要甚麼？」摩卡問。

「小朋友才需要選擇的，作為大人……我全部都要！」小肥興奮地說。

零食販賣機前，死神摩卡和小肥在進行交易，摩卡買入每款零食，作為給小肥保密的掩口費，而自己則買了一款朱古力味濃郁的摩卡咖啡。

「這樣就足夠了嗎？」得知摩卡就是妨礙靈魂收割的內部人員後，小肥就跟蹤舒雅去到大學圖書館，並目睹他保護舒雅的案發經過。

「足夠了，哈哈，有這麼多零食足夠我吃一周了。」小肥提出以零食作賄賂，其實他從一開始就沒有打算告發摩卡。

「我真的不明白，你為甚麼這麼喜歡吃零食。」能就此解除被死神組織發現的危機，摩卡鬆了一口氣。

「你知道我為甚麼要當死神嗎？」兩人坐在公園長椅上，小肥急不及待打開包裝，往嘴裡猛塞零食。

「不知道。」摩卡邊喝著咖啡，邊想著小肥會不會是飢餓而死才會這麼貪吃。

「我是飽死的。」小肥說。

「咳……咳咳咳咳！」摩卡驚訝得被咖啡嗆到。

「倉鼠的肚皮啊……太細小了，在天下數之不盡的美食面前，我的肚皮顯得多麼無力，多麼渺小。」小肥遙望遠方說。

「但就算再世為人，以人類的肚皮，又能吃得下多少呢……」小肥珍而重之的咀嚼口中零食。

「好像……很有道理呢。」小肥認真的態度令摩卡哭笑不得。

「而且當人類很麻煩的，又要讀書又要工作，賺來的錢又要負擔千百種生活開支，要是像你保護的那女生那般過活，就慘過做倉鼠了……還是當死神好，不會飽死，只要按章工作就衣食無憂。」被死亡之神挑選的，都是對人世間有強烈執念，但又不想投胎轉世的靈魂。

「你說得對……」舒雅的生活，在任何人眼中看起來都是黯淡無光。

「你的表情像是想我問你你又為何當死神呢，我就勉為其難聽你說說罷。」小肥說。

「因為舒雅……我還想再多看看舒雅。」貓兒的一生裡，主人佔據了絕大部分，摩卡的世界裡，舒雅就是他的全部。

「舒雅很不幸，明明心地善良，明明沒有做錯過甚麼，卻活得比別人艱苦，活得比別人費力。」在廢棄工地靜待死亡來臨時，摩卡腦海就只有對舒雅的擔憂。

「所有生命都會迎來盡頭，這一點當了死神這麼久，我當然清楚。但舒雅……不應該就這樣終此一生，她值得有愛惜她的人，她值得擁有美好的人生，就這樣橫屍街頭……我不能接受。」摩卡一臉難過的垂下頭說。

「畢竟……我們都不知道死亡之神是以怎樣的準則去決定人的生死，你會這樣想我也能理解，但若然這件事被上頭知道便不堪設想了。」小肥擔心著說。

「不向上頭匯報，你不怕會受牽連嗎？」摩卡問。

「告發你又沒有著數，況且我們是同期呀，同期是應該互相幫助的。」夕陽西下，小肥站了起來，他是時候回去死神大樓。

「但你是怎發現我暗中拯救舒雅的事呢？」摩卡也跟著站起，他不打算回去死神大樓，因為他有必須盡快解決的事。

「一看調查報告就知道是你搞鬼啦，收割目標竟是死神生前的主人，太明顯了吧。」小肥說。

「喵？那豈不是很快就會有其他人發現？」摩卡驚訝的時候，貓耳會不自覺地彈起。

「我已經叫哈利刪改了，你應該慶幸有我們兩個好同僚。」在調查部工作的哈利，成為了摩卡強大的後盾。

死亡是靈魂必修的一課，摩卡、小肥和哈利都在成為死神後學到了寶貴的一課，這名為友情的一課。

8 記認

天色已暗，在大街上的舒雅神情恍惚，因為和摩卡重逢而高興得忘記了的事，現在到了不得不正視的時候。

「剛才的男生，救了我不止一次。」舒雅知道不能再用幻覺來搪塞，她已兩次和死亡擦身而過，兩次也多得有人及時相助才能死裡逃生。

「他到底是甚麼人？為甚麼會知道我的名字呢？」對於這神秘男生，舒雅不覺得恐懼，反而有種親切的感覺。

「而且那雙眼睛……怎會和摩卡的那麼相似？」特別是這雙明亮的琥珀色眼睛，令舒雅難以忘懷。

但還有更令舒雅深刻的事已植根在她的心中，只是她之前沒有察覺，直至現在。

舒雅站在馬路旁等候交通燈號轉換，一輛又一輛汽車高速在她面前駛過，喚醒了可怕的回憶。

「沒事的……呼……」綠燈亮起，舒雅深呼吸了一口氣，準備邁步前進，但她的身體卻不聽使喚，植根心中的恐懼令她雙腳提不起來。

那迎面而來的貨櫃車成為了巨大的心理陰影，像是有過溺水經歷的人對游泳產生恐懼。

「只是心理作用罷了……」舒雅在心中不斷為自己打氣，想要衝破心理障礙邁步向前。

躊躇不安的舒雅眼泛淚光，多少因為創傷後遺而被恐懼吞噬的人，從此一蹶不振，能走出陰影的人大多數有賴身邊可靠的親人，但舒雅身邊一個親人也沒有。

「走吧，不用害怕。」雖然沒有活著的親人，但舒雅有成為了死神後回來報恩的摩卡。

「呃！」摩卡牽著舒雅的手，不給予她拒絕的機會，便牽著她走過馬路。

「我知道你有很多問題想問我，我們回家再說吧。」摩卡說。

然而在恐懼回憶的最後一幕，是眼前的男生拯救了舒雅，腦海一片空白的她，這刻不再感到不安害怕，舒雅凝望著這令人安心的背影，走過馬路後，兩人的十指仍在緊扣。

摩卡拉著舒雅回到她的家門外，舒雅定神看著摩卡，等候這既陌生又熟悉的男生發號施令。

「鎖匙。」摩卡冷冷的說。

「那個……」舒雅剛掏出門匙，忽然想起了一件重要的事。

「開門呀，你想繼續在這裡吃西北風嗎？」摩卡說。

「但我家的狀況，現在有點不方便……」舒雅支吾以對。

「別在意，我知道裡面有多凌亂。」摩卡搶去舒雅的門匙，熟練的打開大門。

「所以不應該把清潔推到周末才做呀，到了周末你又會找其他藉口。」摩卡迅速清理飯桌和坐椅，而四處張望的舒雅，聽到這一席話心裡已經有了答案。

「你……是摩卡吧？」家中黑貓又再不見了，但面前的男生卻熟知她和摩卡有過的對話。

還有男生和摩卡一模一樣的琥珀色眼睛，舒雅絕對不會認錯，因為在舒雅過得最黑暗的時期，是這雙眼睛照亮了她的人生。

摩卡停下動作回望向舒雅，他設想過很多不同的開場白，但是沒想過舒雅會比他更快開口。

「坐下來吧，我把事情的來龍去脈一五一十告訴你。」摩卡點頭承認，在和小肥的談話中，小肥提醒了摩卡一件事。

「我勸你早點向你的主人坦白，事情拖得愈久，她受到的背信感就愈大，到時候任你怎樣解釋，她也未必會想再看見你。」小肥的話令摩卡不再猶豫，寵物絕對不會背叛主人，正如摩卡絕不會背叛舒雅。

兩人相視而坐，摩卡把從五年前離家出走，死亡後化身死神，到現在舒雅成為死神目標的事，統統告訴已哭成淚人的舒雅。

「對不起……真的很對不起……是我害了你。」從聽到摩卡獨自離開人世起，舒雅的眼淚就無再停止過。

舒雅一直對摩卡生病一事自責，認為是自己照顧失當才害他染上惡疾，加上父母的離世，舒雅更覺得自己是罪魁禍首，連累了周遭的人。

「你錯了……」摩卡捉著舒雅的雙手，那對在寒夜裡溫暖了他的雙手。

「如果沒有和你相遇，在那年聖誕，我已經凍死街頭了。所以，我絕不會讓你被帶走，我要令你的人生只餘下美好的、甜蜜的、幸福的，然後長命百歲，帶著滿足的笑容離開。」

摩卡是為報答這份恩情而選擇成為死神。

「現在輪到我守護你了，你能相信我嗎？」成為死神後，摩卡一有機會就會在遠方偷偷注視舒雅。

「嗯……」現在摩卡能光明正大留在舒雅身邊，這是摩卡幻想過不知多少遍的事。能再回到主人身邊，是摩卡夢寐以求的事，只是他沒想過重逢的處境，是在舒雅每日要面對生命威脅之下。

翌日早上，舒雅一睜開眼睛就驚恐大叫。

「你你你你你……為甚麼會躺在我的床上面的？」一時間接收到過多信息，加上哭得太累，昨夜舒雅不知不覺就昏睡過去。

「説甚麼傻話？我一直以來也是和你一起睡呀。」雖然死神不用進食和睡眠也沒有問題，但摩卡生前是一隻黑貓，而貓咪是十分喜歡睡覺的。

「但是……你現在的模樣……」問題是舒雅眼前的，是一個男生，而且上身還是赤裸的。

「以人類的姿態和你一起睡的確很擠迫呢，舒雅你的床太狹小了。」摩卡整理一下髮型便坐直了身子，不只貪睡，貓咪還十分愛美。

「你為甚麼會光著身子的？」舒雅把羞紅的臉埋進被窩説。

「你有見過貓穿著衣服睡覺嗎？」摩卡沒有自覺，因為在他的眼中，這不過是貓咪和主人的關係，但舒雅可是個妙齡少女，這樣刺激的清晨對心臟是不好的。

説罷摩卡變回穿上黑西裝的模樣，死神的衣服是能隨意變換的，不過為表示對死者的尊重，黑西裝便成為了死神的通用制服。

「還不起床梳洗嗎？我肚子餓了。」肚餓是説謊的，摩卡想要拯救的不只舒雅的生命，還有她的生活。

「那你快點出去呀！你在這裡我怎樣換衣服？」舒雅把枕頭扔向摩卡。

「舒雅她今天為何這麼神經質？平常她換衣服時我也一樣在旁邊待著呀。」被趕出房間的摩卡抓著頭皮說。

新的同居生活正式開始，對摩卡來說這或許和過去沒有不同，但對舒雅來說卻是翻天覆地。

9 只屬於你的死神

「要一份全日早餐配摩卡咖啡。」露天咖啡廳內，摩卡不用看餐牌就點了餐，他是這家咖啡廳的常客。

「這位小姐呢？」女侍應問著，眼睛卻是盯住摩卡，以人類的審美標準來說，摩卡絕對是引人注目的秀氣帥哥。

「我……不……」餐牌上的價錢令舒雅望而卻步，這裡是小區中收費數一數二高昂的咖啡廳，吝嗇的舒雅遠遠觀望過不少次，但從未光顧過。

「給這位小姐一份和我一樣的。」摩卡打斷了舒雅的話。

「摩卡，這裡很貴的。」舒雅靠前輕聲說。

「我知道，我也知道你總是躲在那邊和那邊偷望。」摩卡指著遠處的燈柱和郵箱說。

「死神的工作這麼悠閒的嗎？我的事情你怎會這麼清楚呢？」舒雅無言反駁，她習慣了節儉的生活，習慣了馬馬虎虎的對待自己。

「沒你想的那麼悠閒，只是偶然撞見罷了……從今天開始，你不准再吃便利店的過期飯盒，未過期的也不可以。」口硬的摩卡怕若然被舒雅知道自己一直被看不見的死神注視，會感到噁心害怕。

「吓？這樣很浪費呀，而且我不會做飯……」舒雅心虛的説。

「把那些危害生命的垃圾食物吃下肚才是浪費呀，浪費生命！關於吃的問題我自然會解決，接下來的九十九天你哪裡也不要亂去，乖乖待在家中就好。」要迎戰死神組織的百日機制，摩卡的策略是軟禁舒雅，以便他二十四小時全天候保護。

「不可以呀，缺席的話獎學金會泡湯的，而且我還有兼職，還要繳付房屋尚欠的貸款。」舒雅搖搖頭説。

「你已經被死神盯上了，現在還是計較這些東西的時候嗎？」明明生命受威脅的是舒雅，但摩卡卻比舒雅焦急得多。

「若這段時間我甚麼也不做，不用九十九天我便會露宿街頭餓死的……」舒雅説。

「既然生活過得這麼拮据，為何不把房子賣掉？一個人生活不用那麼大空間吧。」摩卡問。

舒雅居住的房屋是父母生前向銀行貸款買入的，雖然房貸尚未還清，但賣出後差額扣除房貸，還能餘下一筆數目相當可觀的資金。

「因為那房子充滿回憶呀，和爸爸媽媽的，還有和你的……」舒雅不捨得這個曾溫暖的家，那些快樂回憶是支撐她的源動力。

「我也知道你一定會這樣說……這樣又不行，那樣又不行，計劃部很容易會找到機會乘虛而入的。」摩卡苦惱著說。

「不是有你保護我嘛，沒問題的！」舒雅以她圓圓的大眼睛凝望著摩卡，信心十足的說。

摩卡看著舒雅，回想起初被舒雅帶回家時的片段，既想親近摩卡又不知如何是好的舒雅，總是以這雙大眼睛凝望著他。

「真拿你無辦法……靠過來。」

摩卡以命令的語氣說。

「喵～」舒雅嘻笑著，感覺主人和寵物的關係對調了。

但到舒雅看到摩卡的臉貼得愈來愈近，舒雅便從容不來，連忙閉上眼睛。

「你閉上眼幹麼？可以了。」摩卡以食指按著舒雅的額頭把她輕推回去。

「唉呀……這個是？」舒雅睜開眼睛，頸上多了一條掛著黑色鈴鐺的項鏈。

「是讓我能隨時轉移你身邊的法寶，你千萬不要把它除下來呀！」摩卡叮囑著說。

「但是……它沒有聲響呢，壞掉了嗎？」舒雅搖晃著鈴鐺說。

「只要你在遇到危險時握緊它，然後呼喊我的名字，我就能聽到它發出的響聲。」摩卡知道無法說服舒雅安守家中，唯有以別的方法提高戒備。

「真神奇呢，死神都會使用魔法嗎？你還有其他法寶嗎？」舒雅笑逐顏開，這是舒雅第一次收到男生送的禮物。

「你把我當成有百寶袋的藍色機械貓嗎？我可是死神呀，很可怕，所有人也避之則吉的死神呀！」摩卡沒好氣的說。

「兩位的全日早餐，請慢用。」女侍應的目光不停在摩卡身上遊走。

說。

「不可怕呀，你現在的樣子……挺帥氣的。」舒雅珍而重之的握著鈴鐺，低頭微笑著

不沾脂粉的舒雅感覺自己和摩卡格格不入，咖啡廳內女侍應和客人的目光更令習慣低調的她覺得不舒服。

「這麼土氣的你沒有自知之明嗎？」

「別以為他對你好一點就以為自己與別不同，他只是可憐你罷了。」

「別再接近他，不然他沾上你的霉氣就慘了。」

一句句傷害過舒雅的話語，一幕幕令舒雅痛苦的回憶，在中學時期受女生排擠的舒雅自卑感很重，覺得自己配不上別人，久而久之，舒雅變得習慣低下頭，愈來愈害怕和異性相處。

「張開口。」摩卡說。

「嗯？」舒雅抬頭一看，摩卡把切得細細的煙肉餵到她嘴邊。

「張開口，吖。」摩卡緊盯著舒雅，像是十分期待。

「哈哈……」舒雅想起自己餵飼摩卡的不少回憶，心裡的鬱悶慢慢消失，把煙肉吃下。

眼前的帥氣男生不是外人，而是她親愛的摩卡，她不用擔心別人的眼光，不用在意別人的閒言閒語，因為摩卡不會被搶走。

「再來，吖。」一對摩卡來說，反過來餵飼舒雅是他成為死神後期待已久的事。

在成為死神的時間裡，摩卡學習過很多，也幻想過很多，而當中每一件事，女主角也只會是舒雅。

死神組織的信條是，死亡是靈魂學習的過程，而摩卡在不知不覺中，正在好好實踐著。

但對於舒雅，死亡又會令她學習到甚麼，這一點摩卡還未有深究過。

因為對貓咪來說，能待在主人身邊就是最好不過。

10 習慣

死神大樓的茶水間內，前生為金毛尋回犬的哈利呆看著窗外一輛輛載滿靈魂的旅遊巴士駛向大樓，生性樂觀的他今日有別於以往，心情低落神情恍惚。

「汪！」冰冷的感覺刺激頸項，嚇得哈利驚叫起來。

「真少見呢，平常我還未靠近已經會被你發現。」摩卡和哈利，就像傲嬌的貓遇上熱情的狗，摩卡總是被追得氣喘過來。

「摩卡，你從陽間回來了嗎？」低落的哈利露出勉強的笑容。

「嗯……」其實摩卡的心情同樣很複雜。

和舒雅共晉早餐後，舒雅堅決保持原本的生活，摩卡送她回校上課後，便失落地回到死神大樓。

有了能相見的對象，分離時孤獨的感覺便顯得特別強烈。

「舒雅的事……謝謝你。」摩卡感激兩位不惜作違規行為去幫助他的同期，過去他對友情並無多大感觸，現在他知道友情是多麼難能可貴。

「那你打算怎報答我呢？」哈利打趣說。

「用這個來報答你。」摩卡張開手，亮出他從陽間帶來的手信。

死神大樓設有不少娛樂設施，當中更包括一個佔地甚廣的運動場，成為死神後，不需要睡覺，不會感到疲憊，更不會受到生老病死折磨，時間這概念對於他們來說變得虛無縹緲，若找不到打發時間的興趣，就算是死神也會精神失常的。

「接招吧！哈利！」摩卡全力把網球投擲到遠處。

「汪！汪汪！」但對於金毛尋回犬的跑速來說，往返來回不過是數十秒間的事。

「明明我已經死了，怎會這麼疲倦呢？」摩卡再次全力投球，為報答哈利的恩情，他已連續投球一小時了。

「當死神的好處，就是不會累，能不停地奔跑呀。」得到滿足後，哈利變回了人類姿態。

「但你知道當死神的壞處是甚麼嗎？」運動能令鬱悶的心情得以紓解。

「是甚麼？」摩卡問。

「就是不會死，只能看著認識的人一個又一個死去。」但紓解不等於消失，困擾哈利的事還是沒有改變。

運動場上，哈利和摩卡並肩坐在草地上，就像昔日在死神學堂上課的日子，他們也常常繞課到這裡。

「你知道我為甚麼申請到調查部嗎？」哈利所工作的部門，是長時間處理文書工作，較為沉悶的部門。

明明性格外向好動，能在陽間自由活動的收割部理應更適合哈利，但就在畢業前夕，提交申請志願表格時，哈利卻主動挑選了調查部。

「因為你心腸太軟了，要每天看著人們生離死別，收割他們的靈魂，這麼殘忍的事不適合你的。」摩卡很清楚當中的苦澀。

「嗯……導盲犬是人類的朋友呀，要收割他們我辦不到的。」哈利生前的主人是一個失明人士，牠受過長期訓練以代替主人的眼睛，為主人領路，而他的生命，最後是為保護主人而迎來終結。

「當死神……對你來說難道不是種折磨嗎？」無論是死亡之神決定生命完結的準則，還是挑選靈魂當死神的準則，摩卡同樣覺得不明不白。

「初初入職的時候，一想到每個調查對象的生命也快到盡頭時，總會覺得很可惜，很想哭。日子久了，開始變得麻木了，覺得普通不過罷了……」哈利以為麻木已成為習慣。

「直至看見我主人的名字出現在調查名單上，我便發現原來痛楚是習慣不來的……也更加明白摩卡你為甚麼這樣做。」就算小肥不提出要求，哈利也會幫忙掩飾摩卡違規的證據，因為他也身同感受。

「要阻止嗎？我可以幫你的。」摩卡很清楚，待調查名單完成後，不用多久那人就會按照計劃部的收割計劃而離開人世

哈利搖搖頭，他失明的主人雖然吃過不少苦頭，但也有過不少幸福快樂的回憶，所以哈利不想干預，只想在主人離開前能再見他一面。

「想哭的話不用強忍，死神的守則又沒有不准哭泣。」摩卡把哈利的頭顱拉向自己的肩膀。

「我真的不明白，既然計劃部能用人工智能，其他部門為甚麼還要有情感的我們去做這麼殘忍的工作……」摩卡說著長嘆了一口氣，任由哈利在他肩上放聲痛哭。

選擇和命運對抗的摩卡，能想像到若然要面對舒雅的死亡，他也不會哭得比哈利少，只是他對百日機制所了解的還是太少，等待著他的絕望，將會比希望要來得更多。

11 願望清單

學校飯堂內，舒雅邊吃著麵包邊在筆記本上整理摩卡所說的話，本應在聖誕節當晚死亡的她，雖然被死神摩卡拯救了，但死神組織沒有放過舒雅的打算，在一百天裡她還是會無時無刻受到死亡威脅。

「我的願望清單……」舒雅在筆記上寫著。

「好像有很多事情想做，又好像沒甚麼特別想做呢……」一直為生活埋頭苦幹的舒雅從來沒有想過自己的願望。

「嗯……想要交到男朋友。」舒雅寫下了第一個願望。

舒雅對愛情十分憧憬，在她看過的小說中，愛情小說佔了大多數。

但莫說發展成男朋友的對象，舒雅在學校連共晉午餐的朋友也沒有。環顧飯堂，同學們都是三五成群，有說有笑的，唯獨舒雅形單隻影，形同離群的醜小鴨。

舒雅看著剛寫下的願望苦笑，然後一筆一筆把願望刪去，專注的舒雅沒有發現步近的男生。

「我說過會保護你吧，你不必這麼擔心呀，一邊吃飯一邊寫遺囑會影響腸胃健康的。」

摩卡坐到舒雅面前，伸手向舒雅的筆記本。

「摩卡！你為甚麼會在這裡的？」舒雅嚇了一跳，連忙把筆記本收起。

「工作結束了，就順路來看看你呀。」摩卡盯住筆記本，愈是隱藏的東西愈會激起貓的好奇心。

摩卡從小時候就像一個雷達裝置，總能在舒雅孤單寂寞時第一時間來到她身邊，磨蹭她、依偎她。

「你這樣闖入校園，不怕被人看見嗎？」舒雅戰戰兢兢的説。

「現在只有你能看見我呀，死神能隨時隱藏身影，除了帶著死神的信物的人外，其他人都看不見我。」摩卡指著頸項，他給舒雅的黑色鈴鐺就是死神的信物。

「我家貓咪真了不起呢，又能瞬間轉移，又會隱身。」舒雅對著手機回答，以免被當成自言自語的傻瓜。

「繼續稱讚我。」摩卡抬頭湊近對面的舒雅，在他還是貓兒的時候，舒雅每次稱讚他時都會摸摸他的下巴。

「摩卡……你要我在大庭廣眾下對著空氣搓揉嗎？」舒雅尷尬地問。

「那你想我現在顯現人前嗎？」正在討摸的摩卡已急不及待。

「不不不不……回家後再摸吧，你乖乖忍耐一下呀。」摩卡的模樣令舒雅忍俊不禁。

「那現在回家吧，你不是下課了嗎？」人類形態的摩卡，在舒雅面前比起小貓更像個小孩。

貓兒很需要主人陪伴，摩卡和舒雅畢竟分別了五年之久，他對舒雅的渴求比過去更加迫切。

「我還要去做兼職啊……我下班回來再和你玩吧。」這種被需要的感覺，舒雅已很久未擁有過。

「咕嚕……下班後要馬上回家，不然我就抓爛你的沙發！」摩卡說罷就如煙霧消失在舒雅面前，貓是小器又情緒化的生物，就算變成死神也沒有改變。

哭笑不得的舒雅再次打開筆記本，在那願望清單的頁面上寫下了唯一的願望。

「有摩卡就足夠了。」

回到家裡的摩卡戴上口罩、圍裙和膠手套後，便開始進行大掃除，除了從死神的魔爪拯救舒雅外，帶她脫離廢墟般的生活環境同樣重要。

在成為死神的這五年，除了工作以外的時間，摩卡都在學習和人類生活有關的知識。

「過期的食物……扔掉！」清潔雪櫃。

「地板上的污漬……消失！」吸塵拖地。

「有異味的衣服……清洗！」洗衣乾衣。

摩卡對打理家務熟練得可以開清潔公司，這一切都是為舒雅而準備。

「總算變為適合人類居住的狀況了……」三個小時後，房屋已光潔如新，唯獨一個房間，摩卡還未曾進行清潔。

「這裡還是和以前一模一樣……十年來沒有人使用的房間竟比舒雅的房間更整潔。」

摩卡打開主人房房門，這裡是舒雅父母生前使用的房間。

「亂碰這裡的東西，舒雅會生氣的……」摩卡放棄了清潔這裡的念頭。

看著牆壁上的全家福，摩卡感觸良多，相片中的他還是小小幼貓，抱著他的舒雅笑容無比燦爛。

「我會好好照顧舒雅的。」摩卡對著照片鞠躬，為了讓舒雅臉上重現這個笑容，摩卡才選擇成為死神。

當日舒雅帶著小黑貓摩卡回家時，她的父母不但沒有反對，還把他當作家庭成員般看待，這份恩情摩卡從未忘記。

「下雨了……」可惜世事無常像天氣陰晴不定，舒雅的父母就在開始飼養摩卡不久後便喪生。

很多迷信的人把黑貓當是厄運的象徵，當中包括舒雅的親戚，他們責怪舒雅把不祥之物帶回家中，禍及家人。

「待我去接她吧，那個總是忘記帶雨傘的傻瓜。」摩卡微笑著拿起雨傘，轉移到舒雅的身邊。

然而舒雅挺身袒護了摩卡，那是摩卡唯一一次看見舒雅大發雷霆。現在輪到摩卡保護舒雅的時候，哪怕要與天下死神為敵，他也在所不計。

12 承諾

便利店內，舒雅正在急凍食品櫃前來回踱步。

「如果不帶它們回家，它們今天就會被扔掉了……」令舒雅如此掙扎的，是過了食用限期的肉醬意粉和白汁雞皇飯。

這些會被丟棄的過期即食便當，是舒雅賴以為生的主要糧食，這些年來她都是這樣節省伙食費。

「但被摩卡發現的話，他又會生氣的……」舒雅依依不捨的說。

工作時間結束，舒雅正想踏出便利店卻遇上滂沱大雨，她只好站在店前靜待雨勢減弱。

「那天晚上……也是下著大雨的。」自從父母的交通意外之後，每逢下雨天舒雅也不禁想起傷心往事。

「很想回家……很想快點見到摩卡。」雨水令舒雅卻步，無力前行的她閉上兩眼，生怕濕潤的眼眸掉下淚水。

「我不是説過嗎？只要握住鈴鐺呼喚我，我就會馬上出現在你身邊。」高大的身影站到舒雅面前，為她遮風擋雨。

「摩卡……」舒雅睜開眼睛，拿著雨傘的摩卡比她想像的高大，比她想像的可靠。

「我就猜到你沒有帶雨傘，每逢下雨天你也會比平常晚回家，不然就一身濕透的跑回來，把地板都弄得濕漉漉。」摩卡搭著舒雅的肩膀，兩人共撐一把傘子踏上回家的道路。

「你還記得這麼清楚嗎？」依靠著摩卡，舒雅感到十分安心。

「當然記得，那時候你明知道我討厭沾濕毛髮，還追著要抱我。」舒雅就是摩卡的全部，所以他記得一清二楚。

「對呀，你這討厭洗澡的髒摩卡……」能安心去挽手，能不再害怕失去，舒雅想要的就是這麼簡單。

「我自己有定時舔乾淨毛髮，才不像你這個不清潔家居的人類。」而這一點，摩卡也是一樣。

兩人並肩而行，舒雅開始覺得下雨天不再這麼可怕，令人害怕的孤單寂寞，因為摩卡的來到一掃而空。

「啊！是前輩和他的男朋友呢，讓我拍下他們甜蜜約會的照片吧！」同一時間，回到便利店換班的嘉琪正興致勃勃，以手機拍下二人的背影。

「奇怪了……是攝像鏡頭壞了嗎？怎麼朦朧一片的？」然而手機能清晰拍下舒雅，卻不能拍下摩卡，死神是無法被記錄的，鏡頭下的摩卡是一片朦朧的殘影。

鏡頭捕捉不到摩卡，因為摩卡是死神，他始終不是陽間之物，來自死神的溫暖，是無法永恆的。

舒雅和摩卡一個話題也能夠聊上半天，兩人一路上討論著摩卡有多討厭洗澡，昔日時光還歷歷在目，不知不覺已回到家門前。

「我不是說了周末做清潔嘛，你就多忍耐一會吧……嘩！」舒雅打開大門，看到摩卡為她準備的驚喜嚇了一跳。

清新的空氣、光潔的地板、一塵不染的家具，經過摩卡三小時的勞動，成功令廢墟煥然一新，令舒雅眼前一亮。

「摩卡，你不是死神……你是天使才對吧？本來黯淡無光的家是如何變得這麼耀眼的？是用魔法嗎？神奇法寶嗎？」舒雅讚嘆不已，每呼吸一口空氣也感受到清新花香。

「是用清潔用品和空氣清新劑！這麼簡單的事何來需要魔法？哪有需要神奇法寶？」摩卡生氣著說。

「哈哈……好像很有道理呢……」舒雅尷尬的說。

「你繼續活在那麼糟糕的生活環境，就算死神不找上門你也活不了多久……」家居清潔直接影響生活健康，摩卡看過不少得到慢性疾病致死的人，他們都是被自己的懶惰害死的。

「你對所有人親切友善，唯獨對自己一點也不好，虐待自己可是罪行來的呀。」摩卡把舒雅拉到飯廳，並替她拉開椅子。

「沒有這麼嚴重吧……啊！我聞到很香的味道呢。」舒雅的肚子開始咕咕作響。

「稍等一會。」摩卡微笑著走向廚房。

在打掃完結後，摩卡在接舒雅下班前的空檔已準備好晚飯，簡單的家常便飯現在擺放在舒雅面前。

「趁熱吃吧。」摩卡期待著舒雅的反應，他為這一天已準備了很久。

「這些……都是你做的嗎？」舒雅望著熱騰騰的飯菜，兩手摸著飯碗感受那直達心窩的溫暖。

自從父母雙亡，這飯桌就再沒有上過溫熱的家常菜，再沒有人為舒雅夾菜，沒有和她一起吃飯的人。所以舒雅才變得對飲食不再講究，只要能裹腹就足夠。

「嗯，快稱讚我。」從早上開始，摩卡就一直想要得到舒雅稱讚。

舒雅沒有回話，她的眼睛已含著淚水，發出抽泣的聲音。

「舒雅……你怎麼啦？」摩卡嚇了一跳，他以為會看到舒雅笑著大快朵頤，卻不知道主人為何掉下眼淚。

「哈哈……很久無吃到別人為我做的晚飯，一想到這裡，眼淚就停不下來了。」雖然哭泣，但舒雅流著的是幸福的淚水。

「那時候我還只是一隻普通的黑貓，無法阻止你，也無法為你煮飯，現在我不會再讓你吃那些不像樣的東西，你的飯菜全部都由我負責。」摩卡以手背輕輕抹去舒雅的淚水，

貓對主人的情緒十分敏感，主人難過的時候，牠們其實也一樣難過。

「真的？每天也會……為我做飯？」舒雅感到十分幸福，曾經她不敢再相信承諾，因為她已失去過太多。

「嗯，我每天也會把你的糧兒裝得滿滿。」摩卡微笑著說。

現在舒雅決定再去相信，相信眼前這雙琥珀色眼睛。

舒雅的父母過身後，她的世界變得漆黑一片，她甚麼也不想再看，甚麼也不想再聽，就算世界末日也覺得無所謂，心裡只想著為甚麼只有她倖存下來？為甚麼要留下她孤獨一個？

已不記得過了多少天，舒雅沒有踏出過家門，沒有打開過電燈，她一直躲在被窩裡，任由黑暗把自己吞噬。

幸好無論房間有多黑暗，還是有一點亮光照耀著舒雅，只要舒雅睜開眼睛，就能看到琥珀色的亮光像星星般一閃一閃，守護在她的身旁。

「摩卡……」在床上乏力躺臥的舒雅，知道摩卡無離開過她的身邊。

「喵～」就算已肚餓得叫聲疲弱，摩卡還是一直默默守候在舒雅身旁。

這一點亮光，讓舒雅知道不能再頹喪下去，她的身邊還有需要她愛護，需要她照顧的摩卡。

「對不起，我馬上為你準備晚飯。」舒雅緊抱著摩卡，牠帶來的亮光是多麼的溫暖。

沒有可以依賴的人，那就靠自己獨立起來，舒雅的身邊還有摩卡需要她照顧，這樣的信念支撐舒雅重新振作，但也因為這信念，舒雅變成不懂撒嬌，甚麼也獨力支撐的女生。

13 臉紅

晚飯過後，舒雅主動把碗碟洗乾淨，就算摩卡想要幫忙她也拒絕了。

「你已經幫了我很多啦，自己的碗碟應該自己洗的。」摩卡一直黏在舒雅身邊，但舒雅還是不以為然。

摩卡討摸的時候，若沒有得到滿足是絕不罷休的。

「那就稱讚我呀，快點！」摩卡抬起下巴靠向舒雅。

「那個……」但現在的摩卡是男生的模樣，如此靠近令舒雅感到心跳加速。

「又怎麼啦？」從學校飯堂等待到現在，摩卡已非常不耐煩。

「你是不是可以隨意變回貓咪的模樣？」要主動摸男生的下巴，舒雅的小心臟會承受不住。

「當然可以。」話未說完，摩卡已變回黑貓的模樣。

「真神奇呢……那我現在來摸你啦，摩卡！」舒雅蹲下搓揉摩卡的下巴，那柔軟的觸感實在令人懷念。

「喵～」摩卡瞇起眼睛叫嚷著。

「舒服吧？今天你為我做了這麼多，你想摸多久就摸多久吧！」舒雅把摩卡抱起走向沙發。

那裡以前是摩卡的寶座，摩卡總是趟在沙發正中央，舒雅要坐下的話也會被他踢到沙發邊緣，唯獨摩卡討摸的時候。

「但是……摩卡，你在貓的姿態下能夠説話嗎？」舒雅向趟在她大腿上享受撫摸的摩卡説。

「不能呀，唉呀！」摩卡突如其來變回人類，正低頭注視他的舒雅被嚇了一跳，兩手把他推到地上。

到現時為止，摩卡忽略了一個重點。

「抱……抱歉。」和男生四目交投，讓男生趟在大腿上，對舒雅來說這些都是只會出現在愛情小說裡。

「舒雅你最近很神經質呢……臉頰常常紅卜卜的，是身體出了問題嗎？」正陶醉在撫摸中的摩卡非常不滿。

對摩卡來說，舒雅沒有改變，她就是自己最重要的主人。

「不是……」舒雅兩手掩住臉頰，一臉尷尬的說。

但在舒雅面前的，不只是失而復得的至親，還是一個溫柔體貼的秀氣男生。

「不要小看身體發出的微細警號，那很有可能是死神偷偷埋下的種子，你明天還是好好去做一次身體檢查吧。」摩卡是黑貓也是死神，他體會不到人與人之間的心動，直教生死相許的愛情到底是甚麼回事。

「摩卡，你在家裡時還是盡量保持貓咪的姿態吧。」舒雅別過臉說。

「為甚麼？這樣很不方便呀。」摩卡不明所以。

「你保持人類姿態的話，我會很不方便的……我先去洗澡了。」舒雅說罷急急跑向浴室，避免在心跳這麼劇烈的狀態下繼續被摩卡注視。

「有甚麼不方便呢？為甚麼要關門呢？」摩卡跟著舒雅，舒雅迅速鎖上浴室大門。

「舒雅到底怎麼啦？以前她洗澡的時候不會關門，讓我在門邊待著呀。」但那時候摩卡單純是一隻可愛的黑貓。

「怎麼辦？我現在是不是在和男生同居？但摩卡是摩卡呀，不能算是男生吧。」舒雅苦惱的看著鏡中的自己，她埋藏起的少女心已不知不覺覺醒過來。

一整天的幸福令舒雅把被死神盯上的事拋諸腦後，但百日機制沒有停下，牽涉她性命的保衛戰仍然在上映。

「是死神的氣息……」摩卡定神看著門鎖，他知道死神的襲擊已經來到。

百日機制是以人工智能計算並隨機安排出計劃的靈魂狩獵機制，在很久以前，計劃部並不是由冰冷的人工智能主導，它同樣由大量死神員工，日以繼夜工作來營運。

然而人非草木，草擬狩獵計劃的員工，很多也違反守則，投放入大量個人情感，當中一些性格扭曲的死神，以設計極度殘忍的手法，折磨目標對象為樂趣，這嚴重的違規問題不是少數，死神濫用私刑成為死神組織不容忽視的問題，最終導致由人工智能取代有情感的死神這個局面。

但違規死神的問題是無法徹底解決的，就像為了主人而抗命的摩卡。

大樓的走火樓梯間內電燈一閃一閃，運作異常，無視大廈安全條例的三個金髮不良少年正躲在這裡吸煙。

「你們不覺得這裡有點奇怪嗎？」不良少年甲問。

「只是電燈壞了吧？但總覺得突然有點冷冷的……」不良少年乙說。

「船頭驚鬼，船尾驚賊，這麼膽小怎做大事？」不良少年丙說著把煙蒂在彈指間彈向樓梯間中間的空洞，任還未熄滅的煙蒂下墮。

而他們不知道煙蒂散發著不祥的紫黑氣息，那是被死神動了手腳，用來實行收割計劃的一個機關裝置。

但這個機關在半空中消失掉了，樓梯間的電燈從最下層開始逐層向上熄滅。

「甚麼聲音？」不良少年丙探頭一看，全部梯間的電燈突然同一時間熄滅。

「你們是嫌命長吧？不然怎會把有害的東西放入口？」拿著鐮刀的死神從三人身後冒

出。

「既然你們活得不耐煩，倒不如我現在送你們一程吧？」死神摩卡高舉鐮刀恐嚇著說。

「鬼呀！」三人嚇得驚慌失措，一仆一拐的爬出樓梯間。

「再被我撞見他們吸煙，我就手起刀落……」那消失的煙蒂被冰封在摩卡手上，他察覺到死神的氣息在煙蒂上，就估計到收割計劃的真面目。

摩卡瞬移到底層，若然煙蒂跌到低層，這裡堆積起的垃圾就會燃起，加上冬天乾燥的天氣有助火勢蔓延。

「清理好了。」摩卡把垃圾扔到垃圾站，這樣就不怕夜長夢多。

但計劃部的目標畢竟只有舒雅一個，所以就算火勢再大再快，其他居民還是能及時離開。

「摩卡，你在嗎？門鎖好像壞了，你能幫幫我嗎？」唯獨舒雅，她本來會因為被困浴室而活活被燒死。

「哼……剛才還嫌棄我的人類姿態，要不是我能變成人類，你叫一隻貓怎去幫你開門？」死神的第一步就在這門鎖上，現在計劃失敗，纏繞在門鎖上的紫黑氣息也隨之消失。

「謝謝……」懵然不知的舒雅邊以毛巾擦乾長髮邊說。

摩卡變回黑貓，躺在地上一動不動以表示他的不滿。

百日機制還會持續進行，要守護眼前的舒雅，摩卡還要繼續廿四小時保持警覺。

14 違規死神

清晨的死神大樓是最多員工聚集在此的時段，因為他們的工作更新是在剛日出的這時分發佈。

摩卡、小肥和哈利一如以往的在茶水間，比起各自的工作，他們現在最關心的是舒雅和摩卡的事。

「你已把死神的事全部告訴了舒雅吧？」小肥正吃著從摩卡收取的「賄款」。

「嗯……那傻瓜的接受能力比我想像的高。」摩卡説。

「吓？她沒有嚇一跳嗎？沒有很害怕嗎？你快點告訴我們吧！」接受前主人快將逝世的現實後，哈利感覺豁然開朗。

「沒有，她表面上看來很平靜，還過著和往常一樣的生活。」摩卡沒好氣地説。

「是裝作平靜吧，每日對住這麼帥氣的面孔，哪有少女能平靜呢？」小肥瞇起眼睛笑著説。

「有甚麼關係？這張臉以人類的角度來説很帥氣嗎？」摩卡錯愕的問。

「如果我這張臉算正常水平的話……你的臉算是藝術品了。」小肥感嘆造物主的不公。

「那我呢？我算甚麼水平？」哈利期待的樣子像搖著尾巴的小狗。

「比我稍微好一點點，不過摩卡你的臉色好像愈來愈差，你最好注意一下。」小肥故意作弄哈利。

死神不需要透過進食和睡眠來維持生命，但若然靈魂的力量消耗過度，死神就會變得衰弱，甚至乎消失殆盡。

「可能是因為最近的消耗太大了。」變身、隱身、瞬間轉移，還有死神鐮刀，這些能力統統都要消耗死神靈魂的能量去發動。

「還有九十多天要撐下去……你真的支持得住嗎？」哈利擔心不已，若靈魂真的消耗殆盡就會永不超生，真正從世界上消失。

死神的能量能透過每天進行的收割回復，在死神斬斷魂之尾的瞬間，死神就會獲得靈魂的能量，而由於正常的消耗比獲得的小，所以死神才處於不滅的狀態。

「不要緊，只要繼續有工作就不會有問題。」摩卡的手機傳來訊息，今天的收割名單已發送到他手上。

「摩卡，你怎麼啦？」哈利發現摩卡在收到名單後便一臉凝重。

「幫助了我和舒雅，你們已算是共犯，算是違規死神了吧。」摩卡意味深長的說。

「你這話……是甚麼意思？」小肥有不好的預兆。

「既然已經違了規，再違反多一次也沒有甚麼所謂吧？」摩卡讓兩人看他手機上今天要收割的靈魂的資料。

很多人以為貓是很高傲冷酷的生物，只有在自己心情好的時候才讓人摸，才親近人，但其實貓是重情重義，有恩必報的生物。

夕陽西下，海面映照出一片金黃美景，作為離開人世前最後停留的場所，這裡絕對是不錯的選擇，可惜這次要被收割的靈魂，無法親眼看見這景象。

他是一個先天失明的老人，是哈利生命中最重要的主人。

「死者，李添福先生，享年78歲，是你沒錯吧？」摩卡向在沙灘上剛脱離了肉身的老伯靈魂問。

「原來這世界上真的有死神，你是來為雙眼不便的我引路嗎？」老伯慈祥的笑著，對於死神來到他一點也不覺得恐懼。

「為你引路的另有其人，距離下一班通往陰間的巴士到站還有一段時間，老先生你有

想去的地方嗎？」摩卡禮貌地問。

「沒有，我在這裡走走就可以了。」老伯對自己大限將至有所預料，所以早就來到自己最喜歡的，充滿回憶的地方。

「那我就在這裡守候吧，希望你們能渡過愉快的時光。」摩卡微笑著說。

「你們？」老伯不明所以，這裡明明沒有其他人在。

「汪！汪汪！」哈利發出響亮而短促的叫聲，並撲向老伯身上。

「哈……哈利？」熟悉的叫聲老伯從未忘記，他摸著哈利的臉確認愛犬的輪廓。

「真的是哈利……你一直在等我嗎？」老伯感動不已，他之選擇這個沙灘作為生命終結的地方，是因為這裡充滿了和哈利的回憶。

「哈利他希望能作為你的導盲犬，陪你走完人生的最後一段路。」

如果說舒雅是摩卡的全部，那老伯就相等於哈利的所有。

哈利的一生都圍繞著主人，能遇上好主人是他生命中最大的幸運。

他的主人亦一樣，對他來說哈利不僅僅是協助他生活的導盲犬，亦是生命中重要的夥伴。

「哈利，我們一起散步好嗎？」老伯笑逐顏開，能重遇哈利是死神送出的最棒的禮物。

人類的壽命比寵物長很多，面對生離死別的傷痛是主人必定經歷的階段，摩卡看著哈利和老伯感慨萬千，他在離開人世後便在死神學堂接受培訓，到他畢業後再次回到陽間，第一件事就是去偷偷觀望舒雅。

那時他看到的舒雅貌似已走出傷痛，日復日努力應對生活，直至有一次他聽到舒雅和同學討論到飼養動物這話題，他才知道事實並非如此。

「我養過一隻黑貓，但牠離家出走了……一定是因為我不好，討厭我這不稱職的主人吧。」寵物對主人的喜怒哀樂特別敏感，摩卡知道舒雅在強顏歡笑，而她更默默欺騙自己貓兒一定還在生，不肯面對摩卡已死的事實。

可惜奇蹟沒有發生，再次和摩卡相遇，摩卡已成為了死神，而舒雅更無時無刻面對著死亡的威脅。

「我很想你……舒雅。」看著笑得比夕陽金光更耀眼的哈利和老伯，摩卡腦海裡全都是和舒雅快樂的回憶。

摩卡沒有理會狩獵名單上標示的時間，任哈利陪老伯好好相聚，直至月亮高掛，摩卡才帶領老伯坐上陰間巴士。

哈利追著遠去的巴士奔跑吠叫，雖然他知道這樣徒勞無功，但他還是希望老伯能聽到他的聲音，安心上路。

「謝謝你，摩卡。」變回人類姿態的摩卡滿足落淚，或許他選擇成為死神就是為了這一瞬間。

「回去吧，不知道小肥有沒有被拆穿呢。」摩卡微笑回應，看到朋友滿足的表情，他覺得就算違規也是值得的。

同一時間的死神調查部內，小肥正冒充著哈利代他工作，戴上金色假髮、墨鏡和口罩的他樣子滑稽，其他認識哈利的同事也報以奇異的目光，幸好大多數死神都懶理他人的事，三人的違規行為才暫時未被發現。

「找不到任何資料？真奇怪……連調查部的電腦也搜尋不到，百日機制到底是甚麼回事？」代工的小肥並不是懶洋洋地渡過一天，他很在意百日機制的運作模式和過去的案例。

「如果沒有電腦資料……難道在舊資料室？」小肥想要幫助摩卡，現在他們最需要的就是和百日機制相關的案例。

15 彼此

晚上，舒雅在客廳為功課埋頭苦幹，習作和筆記攤滿飯桌，她不時望向時鐘，摩卡不在令她坐立不安。

「摩卡還未回來嗎？今天真晚呢……」舒雅邊看著時鐘邊撥弄頸鏈上的鈴鐺。

舒雅一回想起被摩卡躺在大腿上和他四目交投，她就害羞起來。

「要不要試試用這法寶呼喚摩卡呢？但他應該在忙碌吧。」舒雅整天也在想著摩卡，但又不想胡亂使用他送贈的法寶。

「不會是保護我的事被發現了，不能再回來吧？」舒雅低頭伏在桌上，不安的感覺湧上心頭。

「舒雅。」摩卡送別老伯後剛好回到家中。

「啊！摩卡？」聽到摩卡的呼喚舒雅立即抬起頭。

「可以讓我這樣待一會兒嗎？」摩卡把頭靠在舒雅肩膀上，以前他也很喜歡這樣依偎著舒雅，嗅著她的氣味能令摩卡感到安心。

「怎麼啦？發生甚麼事了嗎？」舒雅輕掃著摩卡的背，在看到摩卡的瞬間她的心情終於平靜下來。

他們知道，唯有對方能令自己感到安心，也知道離別會令對方有多痛苦，偏偏他們的處境既險峻又不穩定。

摩卡把哈利和老伯的故事告訴舒雅，舒雅為兩人最後的結局深深感動。

「其實……我不害怕死亡，比起死亡我更害怕孤單。」舒雅說。

「我不會讓你被帶走，也不會再讓你孤單一個。」摩卡喜歡被舒雅撫摸的感覺，當日的不辭而別對摩卡來說，也是痛苦的回憶。

「真的可以嗎？就算一百天後也要繼續陪在我身邊。」舒雅認真的問。

「不會再離開你了。」舒雅看不到靠在她肩膀上的摩卡神情有多悲傷。

在死神學堂的教導裡，摩卡知道任何人在收割名單上，就必定會迎來死亡，從來沒有例外出現過。

「我可以相信你嗎？」如果沒擁有過，就不會害怕孤身一人，擁有的幸福愈大，失去的痛楚便愈深。摩卡離開過，是不爭的事實。

「相信我吧，因為你是我唯一的主人呀。」摩卡溫柔地輕舔舒雅的臉頰。

「唉呀！」而摩卡親密的舉動，嚇得舒雅推開了他。

俊秀的臉孔、天真無邪的表情，舒雅面前的，是全心全意想要令她幸福的男生。

「我……我先去睡了！」舒雅的心跳聲在寂靜的家裡格外響亮，面紅耳熱的舒雅不想被摩卡看到她的表情。

「舒雅最近為何常常都滿臉通紅呢？不會是患上心臟病的徵兆吧？」純情的摩卡不懂少女心事。

「他可是摩卡，是我的黑貓啊，一定沒有特別意思的……不要胡思亂想。」躲在房門後的舒雅自言自語的說。

愛情是足以影響終身的大事，但在學習生涯上卻從沒有人好好教導我們，所以舒雅和摩卡也是一樣，對自己現在的情感還是一知半解。

清晨的死神大樓茶水間，摩卡、哈利和小肥三人又再次聚集起來進行秘密會議。

「你這樣的體型竟然能成功蒙混過關，沒有被人發現？」摩卡取笑著說。

「我事後對同事們說我吃錯東西，食物敏感了。」哈利的藉口雖然不合理，但冷漠的死神們沒有深究下去。

「你們還好意思說？這麼晚才回來，嚇得我好像瘦了很多……」擔驚受怕的小肥摸著肚子說。

「再過一段時間，我會向部長提出辭職。」主人已離開，哈利繼續當死神的意義也沒有了。

「是因為放下執念了嗎？」摩卡也能體會哈利的心情。

「嗯，但我會等你和舒雅的事告一段落後才辭職的。」作為死神的密友，哈利也希望能看到兩人有美好的結局。

「離職後的死神會魂歸何處呢？」摩卡身邊的同事不時會轉換，他們都是自行辭職的，但他們之後的去向卻不得而知。

「離不開天堂地獄或投胎這三個選擇吧，若然違規的事被發現，恐怕逃不過下地獄這下場了。」死神組織的第四個部門是審判部，靈魂的去向是經死神法庭審判後才決定的，小肥知道通往地獄的升降機就在法庭後方的禁止通行區域。

然而舊資料室正正就在法庭後方的這一個區域。

「有一件事我很在意，但電腦裡卻沒有任何資料。」小肥邊吃著零食邊說。

「甚麼？」摩卡和哈利異口同聲問。

「最後一次啟動百日機制的事件到底是怎樣結束？而那個目標人物最後得救了嗎？」小肥輕聲說，打探百日機制這事只能低調處理，否則摩卡拯救舒雅的事也會曝光。

「的確……我們對這機制知道的太少了，若然能找到上一次百日機制的完整記錄，要保護舒雅會容易得多。」哈利可惜地說。

「百日機制上一次啟動應該已是多年前的事，那些資料很有可能未被數據化，那麼收藏資料的地點就一定是舊資料室。」摩卡思考著說。

「那裡是普通職員禁止通行的區域啊。」哈利擔心著說。

「嗯……但就算要承受風險，這份資料也有必須取到手的價值。摩卡你先把精神集中在保護舒雅之上吧，其他事情我和哈利再從長計議。」小肥說。

「謝謝，我真的……不知道該怎樣報答你們。」摩卡很清楚這兩位好友是冒著風險也決心幫助自己。

「零食，大量零食。」小肥狡猾地笑著説。

「跑步，陪我去跑步。」哈利學著小肥説。

「嗯，下次回來，我會好好滿足你們的。」摩卡是時候啟程前往陽間，除了應付收割工作外，今天更是一個重要日子。

16 相依

坐落於高山的墓園內，舒雅穿著黑色的連身長裙帶著鮮花來拜祭她的父母，今天是舒雅父母的死忌，十年前的交通事故奪去了他們的生命，倖存的舒雅每逢父母的生忌死忌也一定會前來拜祭。

「摩……摩卡？為甚麼你會在這裡？」舒雅剛抵達父母墓碑所在的位置，怎料摩卡已守候在此。

多年來，舒雅總是獨自一人來拜祭父母，那上山的路明明沒有多長，但卻總教人身心俱疲。

「我沒有忘記呀，你父母的忌日。」不只沒有忘記，摩卡從死神學堂畢業後，其實每逢舒雅前來拜祭的日子，他也隱藏身影陪伴著舒雅。

「謝謝你，摩卡。」看到墓碑一塵不染，舒雅就知道是體貼的摩卡所為。

「不用謝，他們也是我的恩人。」摩卡合上眼虔誠鞠躬。

「甚麼？」舒雅不明所以，但有摩卡陪伴在側，這次拜祭沒有了過去孤單寂寞的感覺。

「沒有他們就沒有舒雅，若沒有舒雅我早已在寒冬死去，所以他們也是我重要的恩人。」摩卡說。

「鮮花和祭品……爸爸媽媽真的會收到嗎？我們的說話，他們會聽到嗎？」舒雅抬頭望向天空說。

「聽不聽到就不得而知了，但拜祭並不是為了死去的人，而是為了活著的人吧……讓活著的人感激過去，同時提醒活著的人珍惜現在。」作為死神，這是摩卡對死亡的體會。

生命終有一天會終結，就算成功阻攔百日機制，舒雅也總會因生老病死而離開，重要的並不是怎樣迎接死亡，而是怎樣活出自己的人生。

「我家黑貓真成熟，好像很值得依靠呢。」一直以來，舒雅最想要的是一個依靠的對象。

「每一次偷看你時，也很想跟你說，依靠我吧，從今以後也依靠我吧。」摩卡看著舒雅父母的墓碑，他很希望兩人能放心把女兒交托給他。

「爸爸媽媽，你們放心吧，現在有摩卡在我身邊，我不再是孤單一人。」舒雅牽著摩卡的手，心意相通的人自然能成為彼此的依靠。

無論是主人和貓，還是死神和少女，此刻手牽手的，是一對相依為命的靈魂。

「回去吧。」摩卡縮起手說。

「怎麼啦？你這吝嗇鬼不可以讓我多牽一會兒嗎？」過去舒雅很喜歡按壓摩卡的肉球，但貓兒都不喜歡被人握著手。

「不讓。」但現在摩卡不讓舒雅牽著手，因為他開始察覺心裡有種莫名其妙的悸動。死神都已經沒有心跳，感受不到溫度，但和舒雅朝夕相對，摩卡除了重拾珍貴的回憶，還感覺到失去已久的溫暖。

死神法庭樓層內，小肥正以倉鼠姿態小心翼翼地穿過後門，因為從這裡開始就是一般死神員工禁止踏足的地區，這裡有特別的守衛嚴密戒備，能通往這裡的只有審判部的職員，和他們押送的罪人。

「吱吱，不愧是最接近地獄的地方……這裡陰森得就算死了也不想逗留多一秒鐘。」倉鼠小肥爬上高處的電線管上，再在地面行走必定會進入守衛的視野。

法庭後是一條長直的通道，通道的盡頭有一部大型升降機，而舊資料室就位於在盡頭前左轉的唯一一個房間。

「嗚……汪！汪汪！」守衛嗅到陌生的氣味，發出代表警告的吠叫聲。

這裡只有一個守衛，因為只要有牠在，就沒有敢貿然接近的傻瓜。

「陰間的守門者……原來地獄三頭犬真的存在，死後的世界真是應有盡有……」在高處窺探惡犬的小肥戰戰兢兢地說。

經死神法庭審判有罪而要下地獄受罰的靈魂都會被押送到此，乘坐通往地獄的升降機，十八層地庫的構造代表著十八層地獄，只要有看守這地獄之門的三頭犬在，就不會有靈魂能從地獄逃脫。

地獄三頭犬分別以三個頭顱上的鼻子進行地氈式搜索，小肥的氣味已經吸引了這龐然大物的注意。

「糟糕了……這樣下去被發現只是時間問題，要折返回去嗎？吱吱。」三頭犬已來到小肥的腳下，嚇得小肥轉身想拔足狂奔。

「不，我不幫摩卡的話，又有誰願意幫他呢……」但一想到為舒雅不計後果的摩卡，小肥不由得鼓起勇氣。

「汪……汪汪！」三頭犬中間的頭顱察覺上方有異樣，巨大的黑犬以兩腳站起來，探頭到水管上觀看。

找不到入侵者，三頭犬卻找到可口的零食，小肥深知若不果斷前行一定凶多吉少，於是在原地留下了幾粒焦糖花生脆脆，然後快速向前奔跑。

「狗這種動物果然四肢發達，頭腦簡單……不枉我付出我寶貴的零食。」趁著三頭犬爭先恐後去搶奪零食之際，小肥已奔跑到走廊盡頭，小小倉鼠的身體爆發出驚人潛力。

「是這裡了……舊資料室。」由於對三頭犬過分信任，舊資料室沒有特別的保安措施，小肥變回人類姿態輕鬆打開房門。

「接下來只要找出百日機制的資料就大功告成，可以再敲詐摩卡更多零食了。」小肥邁出輕快的步伐，舊資料文件都是按筆劃順序一箱箱整齊存放，要找出目標並非難事。

「沒有？不在這箱子裡嗎？」小肥按筆順找出箱子打開翻找，卻沒有記載百日機制的相關文件。

「不會是職員擺放錯了吧……這裡有幾百個箱子，不可能逐一翻看的。」小肥以為終點在望，卻想不到又再返回原點。

要在眾多箱子裡找到目標文件有如大海撈針，而且拖延下去小肥更有機會被發現他闖入禁地。

「怎算好呢？」小肥一臉茫然環視四周，他已不知道該如何是好。

小肥還不知道就算翻轉這房間一遍最終也只會失望收場，因為百日機制的資料根本不在這裡，更重要的是百日機制的真面目他和摩卡也還未搞清楚，那殘忍的真相，將會為摩卡帶來沉重打擊。

17 閨密

大學飯堂內，舒雅剛上完課滿心期待的來到飯堂，今天她的心情大好，因為有摩卡為她準備飯盒。

「不知道裡面會有甚麼呢？」舒雅笑咪咪的準備打開摩卡特意買來的黑色貓頭飯盒。

「舒雅……不好意思呀。」但舒雅的同學打擾了她的雅興。

「因為臨近新年，我們最近都很忙，小組功課……我們還未開始做。」舒雅的三位組員不約而同的推卸責任，除夕和元旦也不過是聚會狂歡的藉口。

「不要緊，我會想辦法的。」舒雅露出慣性的客氣態度和微笑，這樣的狀況已是她意料之中的事。

「那元旦後的報告就麻煩你準備啦。」厚面皮的同學們得償所願後就準備轉身離開，一點羞恥之心也沒有。

「慢著！」和善的舒雅不會反抗，但突如其來的女生決定為她發聲，抱打不平。

「你們不會不好意思的嗎？前輩也有自己的活動，重要的約會呀。你們要前輩通宵達旦去完成你們的工作，你們就歡天喜地去玩，這樣能心安理得嗎？」在舒雅身後的嘉琪斥責著說。

「舒雅自己也不反對，你這個外人哪有資格説甚麼？」理虧的同學惱羞成怒。

「我是前輩的朋友呀，要不我向你們班的導師告發你們，反正只靠前輩一個也一定能得到好成績呀。」性格剛強，嘉琪除了是個注重儀表的可愛女生外，還是個得勢不饒人的小辣椒。

「算吧，大家有事忙就先離開吧，功課我會想辦法的了。」害怕紛爭的舒雅生怕嘉琪和組員的爭執愈來愈激烈，最後還是選擇了自己吃虧，息事寧人。

待組員離開後，嘉琪坐到舒雅的對面，舒雅難得的好心情雖然被破壞，但看著黑貓飯盒還是心頭一暖，就像被摩卡看顧著。

「前輩……你這樣做人很吃虧的。」看著還在微笑的舒雅，嘉琪覺得不可理喻。

「沒關係啦，反正我沒有約會要去。」舒雅現在眼中只有飯盒。

「沒有約會？男朋友還未邀約嗎？」八卦的嘉琪問。

「我沒有男朋友呀。」舒雅急不及待想打開飯盒。

「前輩不用否認了，我上次撞見了帶著雨傘來接你下班的帥哥啦，還拍下了照片呢，不過不知為何拍不清他的樣子。」嘉琪把手機上的照片秀給舒雅看。

「我們……不是這種關係呀。嘩！」舒雅不敢多想，打開飯盒後卻被內裡色彩繽紛又排列整齊的食物嚇了一跳。

「我隨便弄的，你不要期望太高。均衡飲食才能長命百歲，不要吃餘飯菜。」舒雅出門前，摩卡故作輕鬆，其實為了準備飯盒足足花了兩個多小時。

看到摩卡精心炮製的飯盒，甚麼煩惱舒雅也能拋諸腦後，只餘下滿滿的感動。

「很精緻呢，原來舒雅前輩這麼會做菜！」嘉琪立即以手機連拍這能媲美網紅博客手藝的飯盒。

「這個……不是我做的。」舒雅不好意思的說。

「吓？是那帥哥做的嗎？」嘉琪驚訝的問。

「嗯……」舒雅害羞的默默點頭。

「既打著傘接你下班，還為你準備這麼精緻的飯盒，這樣的帥氣男生還不是男朋友？舒雅前輩只想跟他搞曖昧嗎？」嘉琪接著問。

「不是啦……」舒雅不知道該怎樣說明。

「我也不認為我所尊敬的前輩會是這樣的女生，你一定有自己的原因吧。」嘉琪直話直說，從不轉彎抹角。

「嘉琪你……尊敬我？」舒雅感到莫名其妙，她一直不認為自己和嘉琪關係良好，以為她只是個在有需要時來找她幫忙的後輩。

「對呀，雖然像前輩這樣的大好人在現今社會生活一定很辛苦，但我還是覺得這樣認真，這樣正直的你很帥氣。」嘉琪把舒雅喚作前輩，不是因為對方比自己年長，而是因為她覺得舒雅像個帥氣的姐姐。

「我……有很帥氣嗎？」舒雅從未這樣覺得過。

「前輩你不記得你為我發聲的那次了吧？」嘉琪問。

「你指的是？」舒雅沒有放在心裡，在人與人之間的相處裡，無心的一番說話，可以給予對方很大的觸動。

「一年前在迎生營的時候，男生們圍著我獻殷勤，感到不悅的女生們就散播謠言，把我說成隨隨便便和異性亂搞男女關係的女生呀。」嘉琪對此不感到意外，每一個圈子都會出現針鋒相對的情況，她早已習慣被同性當作眼中釘。

「啊……我想起來了。」看不過眼的舒雅當時捍衛了嘉琪。

「沒有真憑實據就不要順口開河，你們都不知道謠言會對人造成多大的傷害。」舒雅訓斥了那些一年級生，她以為當時嘉琪並不在現場。

「從那時候開始我就留意著前輩你了，處事認真、性格溫和、自己的事吃虧也沒所謂，卻願意為陌生人站出來……」嘉琪說。

「我只不過是說了該說的話呀。」舒雅對謠言十分反感。

在她的父母過身時，那些迷信而且順口開河的親戚把黑貓摩卡說成是意外的元兇、不祥的象徵，大人們的嘴臉她還歷歷在目。

「所以我看到前輩終於交到痛錫你的男朋友時，我是真心為你感到高興的，他來接你下班的那天，前輩你一臉幸福的表情，像個害羞的少女一樣。」嘉琪並不是拿舒雅的戀情來取笑，而是像個閨密一樣替對方高興。

「我有這樣子嗎？但是……我們真的不是這種關係啦。」舒雅吃著摩卡精心炮製的飯盒，對愛情沒有經驗的她不知道這份暖意和感動，是出於那種情感。

「前輩你喜歡他吧？」嘉琪已察覺到這位前輩是戀愛白癡，決定加以指導。

「喜……喜歡呀。」舒雅想一想，她當然喜歡和她相依為命的黑貓摩卡呀。

「那你有時常想著他嗎？」嘉琪以簡單的問題來引導舒雅。

「有呀。」摩卡回來後，舒雅的確常常想著他在哪裡，在做甚麼。

「那你會想抱抱他或親親他嗎？」嘉琪繼續問。

「會……」舒雅想著黑貓狀態下的摩卡的確柔軟又溫暖，令她難以自拔。

「那你希望未來每天和這個人一起生活下去嗎？」嘉琪的問題直接得很。

「想呀。」既會為舒雅準備飯菜，打點生活，更重要的是那份深厚和互相理解的感情，舒雅希望能留住和摩卡一起的每分每秒。

正因為摩卡如此值得信任，舒雅甚至沒有把死亡的威脅，沒有把百日機制當作一回事。

「前輩，這就是愛情呀。」嘉琪得出直接且簡單明瞭的結論，但她不知道摩卡的身份有多特殊。

「吓……是這樣嗎？」舒雅頓時感到面紅耳赤。

「害羞的前輩真的很可愛呢，放心吧，我會從旁協助你的，前輩你本來就長得漂亮呀，只是對自己形象太不上心了。」嘉琪向舒雅的飯盒伸手，想要一嚐前輩未來男友的廚藝。

舒雅把飯盒拉向自己牢牢握緊，不想和人分享這份她珍而重之的飯盒。

愛情就是不願和人分享，只想獨佔對方的情感，但在這特殊的身份，危機四伏的狀態下，愛情實在是太過奢侈了。

「舒雅有好好吃飯吧？看來她有交到不錯的朋友了呢。」隱藏起身影的摩卡看到嘉琪袒護舒雅的經過，但站在遠處的他聽不到少女們的戀愛交流。

只要不在收割靈魂的時間，摩卡都盡量會逗留在舒雅附近，暗中為她解除百日機制的殺機。

「又有死神的氣息……這已是今天的第三次了。」單是今天，摩卡已阻止了兩次狩獵舒雅的計劃，但百日機制中隨機狩獵的設計，令摩卡無時無刻也要保持警覺，片刻分心後果就會不堪設想。

「無論多少次也好，我絕對不讓你被帶走。」摩卡轉移離開，就算一天要面對多少次威脅，他也不會放棄舒雅。

18 徵兆

大學外的大馬路上，汽車來往絡繹不絕，由於現在是繁忙時段，這種情況並不罕見，罕見的是在馬路旁邊並排而站的二十個穿黑西裝的死神。

因為眾多死神聚集一起，代表著大型事故即將發生。

「呀！呀！」烏鴉的叫聲響亮刺耳，像是在預兆不幸的事件將要發生。

「日光日白……這烏鴉叫得令人毛骨悚然。」被召集到此的小肥精神緊繃。

「小肥，發生甚麼事了？」不安的摩卡來到馬路旁向小肥搭話。

「交通意外，四車連環相撞，舒雅呢？她不在附近吧？」小肥把手機上特別收割任務的內容展示給摩卡。

「舒雅就讀的大學就在附近，這次大型收割的目標該不會包括舒雅吧？」摩卡見證過幾次大型收割計劃，每一次造成的人命傷亡數以十計。

「她的名字雖然不在名單上，但難保這是不是和百日機制有關，你還是盡快帶舒雅離開為妙。」小肥輕聲說，生怕被其他死神知道違規死神就是摩卡。

「計劃內容……是幼稚園校巴和貨櫃車相撞，死難者全是小孩子？」摩卡不忿的說。

「你別這麼激動啦，要收割誰從來不是我們能控制的事，你別引起其他死神注意。」

小肥左右張望，愈是激動的情緒愈惹人懷疑，死神大多數對別人的生死漠不關心，又或者習以為常。

「他們有犯過甚麼罪？可以做過多壞的事嗎？為甚麼要這樣奪去他們生存的權利？」摩卡滑動手機，細看涉及這宗意外的人物的背景資料。

「這些事只有死亡之神知道啦，你還是不要想太多，快點回去舒雅身邊吧。」收割的準則從來不由小肥等死神干預，他們能做的就只有按章工作。

當摩卡看到貨櫃車司機的相片和名字時，不禁冒出冷汗，將會導致二十名小童身亡的這司機，是原定在聖誕夜害死舒雅的那人，摩卡不知道這是巧合還是另有玄機，心中的不安正急劇擴張。

「舒雅……不會對小孩子見死不救。」摩卡能想像若是舒雅，她一定會以身犯險，試圖阻止將要發生的慘劇。

「你清醒點吧，我們一直以來也是這樣的。別以為能救舒雅，就代表你能拯救所有人，在場有這麼多死神，你以為他們會放任你胡作非為嗎？你亂來只會身份敗露，到頭來連舒雅也保護不了。」小肥緊抓摩卡兩肩，想從迷惘中喚醒摯友。

「我……明白。」自從拯救了舒雅、為了哈利和他的主人違反工作守則，摩卡對制度開始質疑，開始覺得自己可以做到的事原來很少。

「明白就離開吧，帶著你的主人離開。」小肥等死神從來不是英雄，只是奉命行事的小職員。

不能做所有人的英雄，但能成為舒雅一個人的專屬英雄，摩卡已經心滿意足。

「呀！呀！」烏鴉叫得愈來愈激烈，隨著時間流逝，貨櫃車和校巴也快要到達案發地點。

摩卡轉身折返大學，舒雅這時候正步近學校大門。

「摩卡？」沒想到在飯堂時才剛提起摩卡，摩卡現在已站在舒雅面前。

「跟我走。」摩卡牽起舒雅的手，向和意外發生的地點相反的方向急步離開。

「但是往那邊走才對啊，我還要坐小巴回去便利店兼職呀。」舒雅聽得一頭霧水，但仍能察覺到摩卡的緊張迫切。

「不要問，舒雅你信任我嗎？」如果把事情和盤托出，舒雅很有可能會牽連其中，這是摩卡最不想發生的事。

無法拯救所有人，唯獨舒雅，摩卡必須拯救。

「當然信任。」舒雅眼神堅定凝望摩卡，任摩卡帶領她行走。

就算是死神，只要是她的摩卡，舒雅就不會置疑，放心任由他帶領。

摩卡緊握舒雅的手步步遠離案發地點，途中摩卡一言不發，沉默又凝重的氣氛教舒雅喘不過氣，直至震耳的碰撞聲從後傳出，人們的悲鳴嗚咽傳入他們的耳朵，摩卡才開口說話。

「別回頭看，拜托你別回頭看。」摩卡一方面對保護舒雅緊張迫切，另一方面被罪惡感導致愧疚羞恥。

舒雅本想回頭張望，但她聽得出摩卡的悲傷而又不想說明原因，便不再猶豫跟他遠去。

摩卡一直想像，如果被舒雅知道那些孩子，本來可以由他拯救，他卻無動於衷只帶舒雅遠離危險，到底舒雅會怎樣想他，怎樣看待他。

人類也好，死神也好，只要產生了情感，便不能以公平之心去衡量和重要的人有關的事物。對舒雅來說，能拯救這麼多幼小的靈魂，一定比起只能拯救她一個划算。但對摩卡來說，天下所有靈魂加起來，也不及舒雅一個重要。

同一時間，在死神大樓內，摩卡等人的直屬上司，死神部長美娜正走向舊資料室整理資料，部長級的職員能暢通無阻出入此禁區，地獄三頭犬像隻溫馴的小狗奔向美娜討摸。

「怎麼啦？很久沒有人來和你玩，所以看守這裡很沉悶嗎？」面對熱情的三頭犬，惡形惡相的美娜流露出溫柔的表情撫摸著牠。

「你嘴邊黏著甚麼？」美娜發現了三頭犬嘴邊出現了不該在地獄之門前出現的東西。

「是零食？」小肥用作誘餌的零食被美娜發現了，英明能幹的她馬上聯想到違規入侵的犯人的真面目。

便利店內，舒雅站在收銀櫃檯替客人結帳找贖，摩卡則一直在店外默默呆站，雖然摩卡不時會在她身邊守候，但這樣沉默的摩卡，舒雅從未見過。

在摩卡還是黑貓時已十分多言，就算明知道舒雅在忙碌也會喵喵作響，迫使她關注自己。

「摩卡今天到底怎麼了？」在未有客人結帳的時間，舒雅的眼光便會落在店外的摩卡身上。

「今天發生的車禍真恐怖……好像導致二十多人身亡。」一對情侶正在雪櫃選購飲品，女生邊閱社交媒體上的報道邊說。

「是在大學附近發生的那宗吧，死去的大多是學童，真淒慘。」男生說著，這宗傷亡慘重的意外已在數小時內瘋傳於各新聞報道和社交媒體。

安守本分的舒雅在工作時甚少翻弄手機，但回想起摩卡接送她下課時的異常，加上當時聽到的巨響，舒雅已猜想到當中的關聯。

「是因為這件事吧？」舒雅偷偷看了相關報道，死亡再一次和她擦身而過，她相信若不是聽從摩卡改變往日行走的路線，死難者或許已添上她的名字。

但舒雅決定不再追問，如果摩卡不想說，她就不強求答案。

直至舒雅下班，兩人踏上回家的路途時，氣氛較往日沉重，舒雅不時偷看摩卡，那鬱鬱不歡的表情還是未有改變。

「摩卡，今天的飯盒很好吃呀，能做出這麼漂亮的飯盒，我家貓咪真厲害呢。」舒雅試著找些話題緩和氣氛。

「對了，我結識到新朋友了，但也不算是新相識，我們認識好一段時間了，只是一直沒有很熟。」一個話題行不通，舒雅便換過話題，只可惜摩卡還是沒有反應。

「如果我是個見死不救的壞傢伙，你會討厭我嗎？」摩卡問。

「我知道摩卡是很善良的，如果你沒有去救，一定是因為不能救。」舒雅意識到摩卡正為中午的大型事故難過。

「我只是個無用的死神。」無法成為英雄拯救無辜的孩子，只能濫用職權保護舒雅。

「這樣……能安慰到你嗎？」舒雅靠向摩卡，用頭顱磨蹭他的手臂。

以前黑貓摩卡，總是這樣來表示對舒雅的關心和喜歡。

「能活著真好啊，活著才能繼續磨蹭你。」比起死亡，舒雅更害怕寂寞，害怕因為自己的離開令摩卡寂寞難過。

舒雅想要永遠跟摩卡在一起，那是出於怎樣的情感她並沒有深究，她只知道如果摩卡難過，她也會感到難過。

「你要好好活著，多多磨蹭我。」摩卡禁不住嘴角上揚。

未來或許會荊棘滿途，也許會變幻無常，唯有抱此樂觀的心態去活在當下，才能帶著笑容活出精彩人生。

19 真相

冬雨下的清晨瀰漫肅殺之氣，烏鴉的叫聲更令人戰慄不安，摩卡在舒雅枕邊看著窗外這大煞風景的不祥之物，焦躁不已。

「是我的錯覺嗎？總覺得最近常常看到烏鴉。」摩卡最終按捺不住以死神之箭，把窗外的烏鴉趕走。

把烏鴉趕走後，摩卡輕撫還在熟睡的舒雅的臉頰，然後整理好西裝，回去死神大樓確認今天的工作。

死神大樓內，小肥和哈利已在茶水間進行秘密會議，死神之中他們可算是茶水間使用率最高的員工。

「我已經反轉了舊資料室，但還是找不到百日機制的記錄……這樣就無辦法敲詐摩卡更多零食了。」小肥不惜以身犯險闖進禁區，為的是找尋敲詐摩卡的籌碼。

「沒有電腦記錄，但又不在舊資料室，會不會是我們搞錯了？」哈利思考著，每一個靈魂收割都有詳細記錄，死神組織不可能有這樣的疏忽。

「不會吧？有甚麼地方可以搞錯呢？」小肥苦思著問。

「你們的確搞錯了，而且還做錯了很多事。」突如其來的女性聲線，嚇得兩人抖動了一下，因為這把聲音他們並不陌生。

「部……部長。」兩人回頭一望，美娜部長正托著眼鏡緊盯二人。

「你們都好事多為了。」美娜殺氣騰騰的說。

「哈哈……部長，我們不知道你在說甚麼呢。」小肥還想裝瘋賣傻，蒙混過關。

「不用裝傻了，你們……跟我到部長室。」美娜從三頭犬嘴邊找到小肥越入禁區的證據，並對小肥近日的行蹤作出調查，因此他曾頂替哈利工作一事，哈利擅離職守的事，她全都知道了。

小肥和哈利的違規行為已東窗事發，惡形惡相的美娜部長是在死神大樓被稱為母夜叉的兇惡人物，但這位母夜叉也是有過去的人，而且她的過去更和摩卡想知道的答案息息相關。

剛回到死神大樓的摩卡在茶水間不見友人蹤影，反而收到傳召他去部長室的通知。

「部長。」摩卡一臉淡定，他還抱著僥倖心態，希望事情沒有敗露。

昏暗的部長室內，聚光燈的光線集中在摩卡身上。

「你有甚麼解釋？」強勢的美娜質問摩卡。

「你指的是？」摩卡偷瞄到低著頭站在一旁的小肥和哈利，此刻他已心知不妙。

「聖誕夜的違規行為，你是導致百日機制再次啟動的元兇，你還想抵賴嗎？」美娜把一份文件扔到摩卡面前，那是有關舒雅的調查報告。

「哈利私自修改調查記錄，擅離職守偷渡陽間；小肥潛入職員禁區，頂替其他部門的同事工作；兩人更對違規死神的事知情不報，你們該當何罪？」美娜以凌厲的眼神緊盯小肥和哈利説。

「事情因我而起，他們都只是受我所托，我願意一力承擔。」摩卡知道已經無法狡辯，他只想不連累他人。

「你這樣説就太無義氣了，三人攤分總好過一人受罰吧，部長……我們都是自願的。」小肥站到摩卡身旁。

「部長，摩卡這樣做都是情有可原的，你就不能格外開恩，睜一隻眼閉一隻眼嗎？」哈利也一樣，絕不扔棄好友。

「你們……跟隨我多久了？」愁眉深鎖的美娜嘆了一口氣。

「已經五年了。」摩卡、小肥、哈利，他們都在美娜麾下從實習生工作至今。

「那你們應該很清楚，死神組織從不講原由，也不施予恩惠，你們不是已充分理解，已足夠麻木嗎？」死神組織的原則從未被動搖過，哪怕有人曾質疑、曾挑戰。

「我也曾經以為是這樣……但或許我成為死神，就是為了舒雅。死神為何保留生前的記憶？為何不抹殺我們的情感？為甚麼要我們去理解和麻木呢？」摩卡坦率直言，去學習烹飪、學習打理家務，摩卡為的從來不是自己。

「我也有過相同的疑問……所以我很清楚你們不顧後果的違規行為，是沒有意義的。」美娜掌握摩卡最想知道的答案，她把記錄這答案的文件扔到摩卡面前。

美娜質疑過、挑戰過，她就是上一個導致百日機制啟動的人。

「無盡收割機制？」摩卡拿起文件翻看，但文件上的標題不是他所以為的文字，更令他驚訝的是牽涉其中的死神就是美娜部長。

「你們找遍組織也找不到，因為百日機制不過是一個代號，代表著這機制曾連續運作的最長時間。」百日不是名字，而是逃過一劫的靈魂，最終只活多了一百天。

「不是過了一百日就能平安無事？」小肥也在一旁看著，文件上仔細記載著人工智能當時安排的每一天，每一次的收割方式。

能阻擋死神收割的也就只有死神，但美娜最後還是以失敗告終。

「組織從不會放過任何一個靈魂，摩卡你所做的，只會為雙方留下更大的痛苦。」美娜曾經為守護一個人類而觸犯禁忌，所以她知道等待摩卡和舒雅的，是甚麼樣的結局……

「收割目標……原來是部長你的未婚夫。」摩卡無想過紀律嚴明的部長也曾為愛情違背組織。

為了愛情，美娜在一百天內用盡所有辦法保護愛人，摩卡所想的，所做的，美娜全都經歷過。

「那部長你最後放棄了嗎?」哈利問。

「你們想得太簡單了，面對無止境的追殺，每日戰戰兢兢活在不安下，無法期待未來……人類的意志沒有你們想像般堅定。」放棄的並不是美娜，而是她那窮途末路，不知該如何活下去的愛人。

摩卡急不及待想知道美娜的故事如何結束，但在當前他先要面對的，是違規的刑責。

「私闖禁地、擅離職守，這些罪行我都可以饒恕你們，但摩卡你所犯的並非小過。」

美娜非麻木不仁之輩，畢竟她們有共事五年的情誼。

「從今天起，摩卡你要接受停職處分，期間不會再接到靈魂收割的工作，直至另行通知。」美娜打算以最輕微的刑罰息事寧人，不向上級報告此事。

「另行通知……是指甚麼時候？」摩卡馬上聽出不妙之處。

沒有進行靈魂收割，就補充不到死神消耗的能量。

「直至舒雅的靈魂被收割為止，這是我最大的讓步。」包庇下屬同樣是不得了的罪行，但美娜甘願為摩卡犯險，因為她比誰都更理解摩卡的心情。

在無盡的收割下，愛情只會變成負擔，變成殘害對方的罪惡感。要保護舒雅死神的力量不可或缺，無法進行補充的話，死神摩卡也會步向煙滑雲散的結局，到時候賠上的就不單是舒雅的生命，還有摩卡的靈魂。

20 轉折

接受到刑罰並離開部長室後，摩卡獨自回到陽間那無人問津的廢置工地，這裡是他作為黑貓結束生命的地方，對他來說這裡特別平靜。

摩卡仔細翻閱從美娜部長手上得到的文件，美娜願意讓他帶走，因為她希望摩卡看到她的經歷後能死心，能放棄對舒雅的執著。

「原來部長……經歷過這些事。」包括停職處分，美娜當時一樣受到了相同的刑罰。

美娜的愛人看著美娜為保護自己日漸衰弱，死亡收割還是無止境接踵而來，就算僥倖生還，他們卻再感受不到喜悅。最終美娜的愛人在她的面前親手結束了自己的生命，與其看著美娜為自己犧牲，他情願犧牲自己。

自殺的靈魂，會被送往地獄受苦，了結自己的生命同樣是罪行，同樣會為他人帶來痛苦。

「這是最壞的結局……但毫無疑問，若然舒雅知道真相，她會做出相同的決定。」摩卡了解舒雅，百日機制的真相不能被舒雅知道。

結局的好與壞，在於選擇的人如何看待，在美娜的愛人眼中，就算要下地獄，也比作為死神的美娜靈魂消耗殆盡好。一個靈魂消耗殆盡，就永遠不會再輪迴轉世，更不會有上天堂的機會，而在地獄受罪的他，還是有望等待刑期結束。

「難道真的沒有能拯救舒雅的方法嗎？」摩卡被停職，要守護舒雅變得難上加難，文件記錄的資料更能令他想到四個字：窮途末路。

摩卡繼續阻止百日機制的話，比美娜更高職級的死神一定會被驚動，但他已經對自己的安危拋諸腦後，現在他只想著如何走出和美娜不一樣的結局。

「摩卡。」摩卡聽到了舒雅的呼喚和鈴鐺的響聲。

「是死神的信物，舒雅有危險！」摩卡立即使用瞬間轉移，那鈴鐺是他給舒雅的護身符。

從現在開始，每一次變身，每一次瞬間轉移所消耗的死神能量也無從填補了，代表能保護舒雅的時間，也進入了倒數階段。

冬季嘉年華會場入口處，舒雅正忐忑不安地等待著，她穿上了新購買的紅色連身裙子，白色毛茸茸的外套特別配合冬日的氣氛，舒雅明顯打扮過，臉上化了淡妝，鮮豔的唇色份外亮眼。

「不知道摩卡看到會有甚麼反應呢？」舒雅握著頸鏈上的黑色鈴鐺，這是她第一次使用死神的信物。

「舒雅！」憑空出現的摩卡緊張的來到舒雅面前。

「你沒事吧？有受傷嗎？」摩卡仔細檢查，同時感應四周圍有沒有死神的氣息。

「沒有……其實我沒有遇到危險，只是我有要事想見你，所以才用了這個。」舒雅笑容靦腆，不敢直視摩卡熾熱的眼神。

「有要事？甚麼事？」摩卡放下警戒，自停職及知道百日機制的真面目後，摩卡便更加精神緊張。

「約……約會。」舒雅低下頭輕聲說。

「甚麼？」緊張的心情緩和過後，摩卡才發現眼前的舒雅和平常有點不一樣。

「我們來約會吧！」舒雅鼓起勇氣高聲說出，引起旁人好奇的目光。

「約會？」摩卡一臉莫名其妙，黑貓對約會並不理解，只知道這是不能吃的東西。

較早前，因為和嘉琪的對話而徹夜難眠的舒雅，醒來後發現摩卡並不在身邊，她的手機接到了小組同學們的信息，本來將要為小組報告忙得不可開交的她，得到了好消息。

「對不起，小組功課我會自己準備好的。」他們不約而同向舒雅發出相同的信息。

本想把責任推卸到舒雅身上的同學突然態度轉變，因為他們都聽到死神的耳語，被嚇得不敢再欺負舒雅，這全是摩卡的功勞。

「誰敢再欺負舒雅，就會被死神帶走。」摩卡在各人熟睡後登門拜訪，在他們耳邊作出恐嚇。

而不用負擔額外的功課量，讓舒雅萌生了過去沒有的想法。

「前輩終於下定決心了吧？」舒雅找上嘉琪，嘉琪帶領她選購新的衣服。

「我也想……作出一點改變。」舒雅的衣櫃已久久未添置新衣裳，化妝品也只有用來遮蓋黑眼圈的遮瑕膏。

「那就放心交給我吧，我一定會幫前輩打扮得美美的。」嘉琪欣慰的說。

面對死亡，舒雅本身也處之泰然，抱著既來之則安之的想法，令她有所改變，對活下去開始執著，開始有期望的，是摩卡。摩卡為了保護她付出了這麼多，再加上昨日看到摩卡落寞難過的表情，舒雅覺得如果自己不作出改變，實在太辜負摩卡了。

想要看到摩卡的笑容，想留下和摩卡快樂的回憶，所以舒雅打扮得漂漂亮亮，準備和摩卡來一場約會。

「因為你昨天心事重重嘛，我就想……不如來這裡，轉換一下心情吧。」舒雅總是會優先替別人著想，但這一次約會不一樣，她意識到自己的快樂，需要摩卡。

「啊……是這樣嗎？」摩卡還是糊裡糊塗，不過難得舒雅主動提議出門，摩卡也覺得不失為一件好事。

摩卡近日接到的壞消息已太多了，這一點點的好事，能給予他不少安慰。

「進去吧！入場券可不便宜啊，我們要玩個夠才能回本。」舒雅吝嗇的性格不變，花在衣裳和入場券的金錢教她心痛，她已久未為非必需品大灑金錢。

「其實我可以隱藏身影，那就不必多買一張入場券了。」摩卡不好意思的說。

「那便不像約會了，別人會以為我是個自言自語的瘋子呀。」舒雅挽著摩卡走，昨天的嚴重車禍教識了舒雅生命是多無常的。

但舒雅還未知道摩卡已被停職，而且就算百日過去，死神組織也不會放棄收割她的靈魂。

「那就好好遊玩，留下美好的回憶吧。」摩卡露出微笑，雖然前路一片漆黑，但他已下定決心。

摩卡不要踏上美娜和她愛人的結局，就算要違背和舒雅的承諾，他也不接受沒有舒雅的結局。

21 約會

嘉年華會內，摩卡和舒雅盡情享樂，在旁人眼中他們就像一對登對的小情人，實際上他們卻是失格死神和大限將至的少女。

「摩卡你的眼界真差，換我來玩。」但他們懶理自己的身份，只要感覺幸福快樂，對方是神是貓是妖怪又有何關係？

「你沒有玩得比我好呢。」除去外殼，眼前的，不過是一個自己喜歡的靈魂。

射擊遊戲攤位內，兩人都只贏得到安慰獎，摩卡感覺舒雅對高掛在大獎位置的大肥貓毛公仔十分渴望，想要掏出錢包繼續挑戰。

「你想幹甚麼？」舒雅捉緊摩卡雙手制止他的行動。

「約會……好像要有很大的毛公仔才像樣。」摩卡察覺周圍的男女手上的戰利品也比他們大和多。

「以我們的眼界，會把錢花光也贏不到大獎的。」舒雅態度謹慎地説。

「不，只要我認真起來，用死神之力輕鬆就可以把大獎贏到手。」摩卡其實很要面子，就像是笨拙跌倒後的貓兒，會裝作若無其事地整理毛髮。

「不用啦，我有這兩個小玩偶就可以了。」一黑一白的小貓玩偶，是舒雅和摩卡贏得的戰利品，玩偶雖小，但捧住玩偶的舒雅笑容燦爛。

「今天的你很漂亮。」摩卡由衷說出，本來在他心中的擔憂和迷惘逐漸散退。

「謝謝……」看見摩卡溫柔的眼神，舒雅羞澀起來。

「太好了，我的主人……能這麼耀眼。」能看到舒雅一點點的有了改變，摩卡覺得成為死神是最正確的決定。

「摩卡你今天怎麼好像怪怪的？是有心事嗎？」舒雅感覺在這雙溫柔的眼睛後，藏著絲絲傷感。

「沒有，我們繼續遊玩吧。」摩卡微笑著，他有了決定，也有了決心。

為了讓面前的女孩有機會發光發亮，變得更加耀眼，這是摩卡成為死神的意義，亦是他為報答舒雅最想做到的事。

「我們不如去坐那個吧。」舒雅指著不遠處。

「摩天輪？」摩卡皺一皺眉頭。

「我一直也想嘗試啊，但一個人去坐的話好像很奇怪。」舒雅回想起她看過的愛情故事中，在摩天輪內四目交投的男女，那些浪漫的情節充斥腦海之中。

「那就去坐吧，只要是你想做的，我都跟你去做。」摩卡感到安慰，一直以來舒雅都活得無慾無求，對身邊一切也無所謂。

活著，就是應該有所追求，為想要的東西或目標而奮鬥，才能為生活賦予意義。

摩卡牽起舒雅的手，兩人走到摩天輪下排隊輪候，雖然人龍不斷，輪候時間沉悶而且漫長，但只要有對方相伴在旁，便能變成難能可貴的回憶。

「好高啊！」摩天輪上，舒雅興奮雀躍。

「會害怕嗎？」迎面對坐的摩卡知道對普遍少女來説平常的事，在舒雅身上卻是新奇鮮有。

「一點點。」舒雅瞇起眼睛以手指比劃了一個很小的手勢。

因此舒雅的人生，像在摩卡回來後才正式開始。

「那這樣吧。」摩卡坐到舒雅旁邊，肩並肩的觸感能令人感到安心。

「哈哈……我們坐在同一側會不會導致車廂失平衡掉下去呢？」不過舒雅還未習慣，未習慣身體接觸，也未習慣心動。

只可惜才開始沒有多久，還來不及去習慣，摩卡能給舒雅的時間已不多了。

「就算掉下去也不怕，因為有我在。」說時遲，那時快，摩卡已能察覺車廂發出不自然的聲響。

「舒雅，你準備好了嗎？」摩卡凝望舒雅，並把手輕放到她的腰間。

「準……準備甚麼？」一面對突如其來的親密接觸，舒雅只感覺車廂的氣氛愈來愈熾熱，看著摩卡正靠近的面孔，她不禁閉上了眼睛。

連接摩天輪和車廂的鐵扣突然鬆脫，兩人乘坐的車廂應聲掉落，但摩卡早已察覺死神的氣息，知道摩天輪被動了手腳。

摩卡和舒雅沒有隨車廂掉落地面，摩天輪下方的遊客沒有被波及，他們抬頭一望，看見了像奇蹟的一幕。

「那是甚麼東西？」抬頭的遊客全都震驚不已。

黑色的羽翼衝破墮下的車廂，摩卡抱著舒雅拍翼飛翔，懶理途人的目光，也不顧慮身份會否敗露。

「摩……摩卡。」舒雅緊緊捉住摩卡的身體，他背上的翅膀形如天使，只不過顏色烏黑。

「我們繼續約會吧，在夜晚的天空中約會。」摩卡微笑著說，死神是隱蔽於世界的存在，這樣光明正大的展示自己，摩卡也是第一次。

「嗯！」就算是死神，對舒雅來說摩卡也是她專屬的天使，一個會保護她，為她做飯和送暖的天使。

人們目送黑翼天使遠去，不少途人更以手機期望能拍下奇蹟般的畫面，摩卡的高調行為很可能曝露死神的存在，幸好所有鏡頭也無法清楚拍攝下死神的真面目。

但鏡頭雖然拍不下，那頭近日經常在摩卡附近出現的黑色烏鴉，看到了剛發生的一切，牠繼續跟蹤著摩卡，發出不祥的鳴叫聲。

22 改變

自從下定決心作出改變，舒雅便稍微減少了兼職工作的時數，取而代之的，是向家庭主婦般的摩卡學習。

「原來是這樣做出來的……」看著摩卡熟練的刀功把食材整齊切碎，抄寫著筆記的舒雅讚嘆不已。

「不然你以為是怎樣變出來的。」有舒雅在旁欣賞，摩卡比平常更加起勁，感覺多年的鍛煉再辛苦也是值得的。

「我也能……做得到嗎？」舒雅定神看著摩卡的側臉，回味在他懷中漫遊夜空的浪漫。

「來試試吧。」摩卡二話不說把舒雅拉到身前，從後握住她的右手提起菜刀。

「吓？我……我來嗎？」舒雅慌張並不是因為菜刀，而是和摩卡這樣緊貼。

「慢慢來，只要保持姿勢，動作一致就行，我會引導你的。」摩卡恨不得把自己所學會的全都教授舒雅，但又不能操之過急。

因為他知道時日無多，死神的能量已無法補充，每一分消耗也是在倒數著，倒數他能和舒雅共渡的時間。

「摩卡。」舒雅雖然單純遲鈍，但和自己相處良久的貓兒的脾性，她還是清楚的。

「最近很少聽你要工作呢？不會是出了甚麼問題吧？」雖不明確，但舒雅還是察覺到一點端倪。

「少工作才好吧，我是死神啊，我工作頻密可不是吉利的事呀。」摩卡蒙混過去，他有足夠理由不透露死神組織的事務，但他難以掩蓋的焦急，舒雅是感覺到的。

「你不會騙我的吧？」就像學童校巴的意外，舒雅知道有些問題摩卡是不會回答的。

「不會。」成為死神前，摩卡是一隻黑貓，他不理解人類為甚麼會說謊。成為死神後，他明白了人類的謊言是可以出於很多原因，只是已成為死神，他已不覺得自己會有需要說謊。

「真的？」知道美娜的經歷後，摩卡知道舒雅，需要他的謊言。

「集中精神吧，你的手上可是握住利器的。」所以摩卡自然地說了謊。

日復一日，摩卡一點點教導舒雅烹飪，舒雅開始自己打理家務，逐步掌握生活應有的模樣。

「摩卡，你快看看！很可愛吧？」舒雅和嘉琪的關係變得愈來愈好，這天嘉琪發給了她小貓的影片。

憧憬著前輩的嘉琪領養了一隻年幼的三色貓，跌跌撞撞的初生之犢有如當日和舒雅初相識的小摩卡。

「不可愛。」貓兒是愛吃醋的生物，摩卡當然不例外。

「不會吧，很可愛啊！你看牠小小一隻的，你初來我家時也是這麼嬌小的。」嬌小可愛的三色貓引得舒雅露出甜美笑容。

「我小時候更可愛、更嬌小。」摩卡曾經希望舒雅只因他而露出這樣的笑容，但他已放棄這想法了。

能守護住這笑容就好，是不是因為自己，已無所謂了。

「對了，家裡應該有你小時候的照片。」舒雅翻找出舊相簿。

「是我可愛點吧？」摩卡不滿的問。

「對啦對啦，我家摩卡最可愛啦。」舒雅沒好氣地說。

相簿內滿滿摩卡的照片，從小到大，記錄了摩卡的前生，是這黑貓陪伴舒雅走過人生低谷。

「要再養一隻嗎？」摩卡無法再陪伴舒雅渡過下一個低潮，他深信未來舒雅會需要一個安慰。

「不了。」舒雅蓋上相簿。

「你不需要擔心，想養就養呀。」摩卡以為舒雅是擔心生命隨時會受威脅，而不敢負養育寵物的責任。

「不用了，我的貓兒……只有摩卡你一個呀。」舒雅會心微笑，她需要的不是可愛的貓兒，而是眼前獨一無二的摩卡。

舒雅溫柔的笑容，既是摩卡最想守護的東西，亦是摩卡最不捨得的東西。

「你怎麼啦？」舒雅不再抗拒和摩卡親密的接觸，摩卡靠在她身邊，以頭顱磨蹭著她的肩膀。

「沒甚麼。」死神雖然擁有多種異能，卻又無法停擺時間，摩卡現在只想把時間停留在這一刻。

就像命運無法改變，死亡還是會隨時間流逝而來臨，摩卡不接受美娜那樣的結局，他現在只能等待一個時機，去實行他理想中的最後一次拯救。

晚上的公園內，小肥和摩卡正在研究美娜部長留給摩卡的文件，這份文件詳細記錄了一百日內美娜所作的掙扎。

小肥看過後感覺到絕望，但摩卡卻從中看到一線曙光。

「放棄吧，趁部長現在還肯息事寧人，你別再固執下去了。」小肥不再支持摩卡的行動，因為從文件中可以知道就算繼續下去，舒雅也只有死路一條。

「不，我不會放棄的。」摩卡已有了計劃，他約見小肥只是因為有事拜托他。

「你還不明白嗎？就算你能拯救多舒雅十遍百遍，對她的收割也是不會停止的，但你卻會愈來愈衰弱，當靈魂的力量枯竭時，你便會真真正正消失殆盡的。」靈魂可以投胎轉世，小肥深明人與人之間的緣份並非只在於短暫的一生。

「不要緊。」摩卡處之泰然，他已有心理準備。

「為甚麼你這麼頑固的，所有貓也是這樣的嗎？」小肥焦躁的問。

「我找到我成為死神的真正意義了。起初，我以為自己去拯救舒雅，是為了報答她對我的恩情。」看過美娜的故事後，摩卡十分感觸。

「但原來不止如此……」美娜部長早已有覺悟，就算煙消雲散又要拯救未婚夫，這無私奉獻的精神，是出於愛情。

「舒雅沒有我，還可以有朋友、有工作、有生活，未來還可能遇上愛惜她的戀人……但我不會，對我來說，舒雅就是我的全部。對一頭貓和一頭狗來說，主人就是我們的全部。」

摩卡不了解愛情，但如果只能愛一個人，他很清楚自己愛誰，更清楚知道為了這份愛，他能比美娜付出更多。

「如果你投胎轉世做人，你一樣會有呀，你別想得太偏激……」小肥聽出摩卡弦外之音。

「在那寒冷的夜晚若沒有遇上舒雅，我的一生在更早的時候已完結……是舒雅給了我生存的意義，沒有舒雅，成為死神又有何意義呢？」摩卡微笑著說。

「組織是不會停手的，這樣下去你們也只會步上部長的後塵，甚至得到更壞的結局。」就算能理解摩卡的想法，小肥還是看不到美好的結局。

「我已想到辦法了。」但摩卡已找到答案。

「你到底打算做甚麼？」突然被摩卡叫來人間，小肥有不好的預感。

「我希望拜托你一件事。」摩卡的生命裡其實除了舒雅外，還有小肥和哈利兩個摯友，雖然是在死後才結識的緣份，但他們也是摩卡最信任的人。

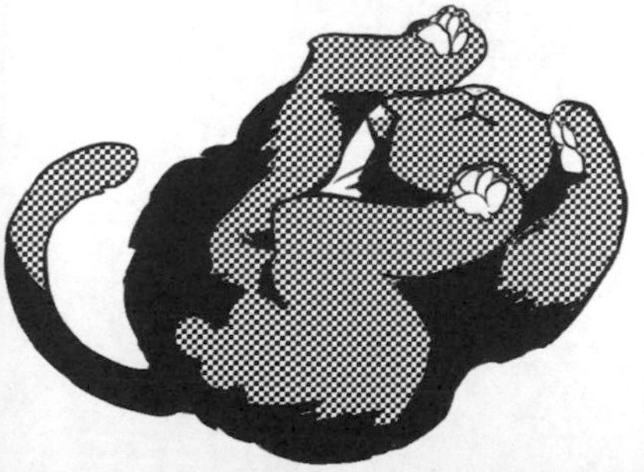

23 與神對話

學校飯堂內，舒雅和嘉琪日漸親近，嘉琪不只成為了舒雅的好友，也是舒雅成長的助力。

「前輩……我有一個問題。」嘉琪看著面前賣相不好的飯盒皺起眉頭問。

「甚麼？」而看著自己的精美飯盒，舒雅笑得雙眼瞇起上來。

「為甚麼同樣是你帶來的飯盒，你給我的會比你手上的醜那麼多呢？」嘉琪問。

「因為……你的飯盒是我做的，我的是摩卡做給我的。」舒雅學習烹飪已有一段時間。

「原來是讓我做白老鼠嗎？」嘉琪知道摩卡為舒雅做的她都不會和別人分享。

「覺得怎樣？」舒雅問。

「味道不錯呀，只是賣相慘無人道呢。」嘉琪直接爽快的性格和舒雅很合得來。

「反正吃進肚子裡都一樣嘛，不用太在意賣相的。」烹飪實力有所進步，心情大好的舒雅笑得更加燦爛。

「但看著排列得美美的食物，一定覺得更好吃。」嘉琪作勢要夾走舒雅的食物，嚇得她手忙腳亂。

「兩位，我們可以坐下來一起吃飯嗎？」兩個陌生的男生突然問。

「我們有男朋友了，而且沒有結識其他異性的打算，你們還要坐下來嗎？」嘉琪看出上前搭訕的男生有何意圖，外貌出眾的她已習慣應付這種場面。

失望的兩人知難而退，他們不只是受嘉琪吸引，改變了衣著風格和化妝的舒雅也比過去引來不少男性注意。

「前輩，你最近愈來愈漂亮呢。」嘉琪打量舒雅說。

「吓？有嗎？」舒雅對自己的變化沒有多大感受。

「你現在活像個戀愛中的少女，前輩和摩卡發展得怎樣呢？」嘉琪邊逗弄著害羞的舒雅邊說。

「沒有進展啊。」舒雅吃著摩卡親手煮的食物，感覺還是由他所煮的最美味。

「還是沒有進展？前輩你們是初中生嗎？竟然同居了也可以無進展？」嘉琪驚訝不已。

「我覺得我和摩卡……能保持現狀就已經很幸福了。」舒雅沒有告訴嘉琪摩卡是死神的事，也沒有提及過現在最困擾她的問題。

百日機制，舒雅不知道就算百日過去，狩獵還是不會停止，但要在這一百天平安渡過，她也知道並非易事，現在她所擁有的每一天也是得來不易的，所以她不敢奢想能擁有更多，能更進一步。

「可是前輩你看起來不像是這樣想呢！」嘉琪能看出舒雅雖然變得開朗了，卻總是抱著患得患失的感覺。

「現在一切也很美好呀，做人不能太貪心的。」得到的反面就是失去，舒雅不敢得到更多，她不想失去現在擁有的一切。

「不過前輩你真的要轉學科嗎？那要多上一年的課啊。」嘉琪問。

「嗯，以前我從不為自己的喜好著想，但若然有未來，我希望我也能幹著喜歡的事。」舒雅申請轉到外語翻譯的學系，面對死亡她最大的感受，是在廣闊的世界內，自己是多麼渺小。

「那樣學費的負擔會不會很大？你現在兼職的日數減少了很多啊。」嘉琪擔心的問。

「把現在住的房子賣掉後，換購一個小單位，餘下來的錢應該足夠應付一段時間的。」

「但你捨得嗎？」嘉琪知道那房子對舒雅有著特別的意義和回憶。

舒雅的改變不只是生活習慣，更多重大的決定她也有了決心實踐。

「相比起過去，現在和未來還是更重要吧。」再被生活壓力擠壓，活著也不過是種折磨，靠摩卡守護得來的每一天，舒雅不想再浪費，她想活出能讓自己無悔的人生。

「前輩果然有很多值得學習的地方呢，但廚藝還是有待改善，這賣相真的令人提不起食慾。」能互相欣賞和尊重，嘉琪和舒雅會變成更要好的閨密。

但大前提是，舒雅能活到那時候。

隨著一天又一天過去，一次又一次的拯救，摩卡的死神能量已消耗甚多，不需要靠睡眠休息的死神也愈來愈疲倦。

「現在是……甚麼時間了？」烈日當空，在舒雅床上熟睡的摩卡才剛醒來。

「舒雅已經去上學了吧？」雖然已盡量減少消耗，但摩卡還是感到乏力無比。

「還能支持多久呢？」奮力堅持的摩卡還未等到他心目中最合適的時機。

「一定要在被舒雅發現前，把一切結束。」摩卡揭起褲腳，隨著死神力量的減弱，他的身體已由下開始變得透明，只是靠著衣物遮擋而未被舒雅發現。

「吖！吖！」

「這頭烏鴉……為甚麼總是纏繞在我附近？」摩卡留意到受烏鴉叫聲滋擾已持續一段

時間。

自古以來烏鴉也和黑貓一樣常被當成是不幸災禍的象徵，烏鴉令人心寒的啼叫也被視為不祥之兆。

「若不是要珍惜著力量使用，我一箭就把你收拾掉。」摩卡瞪著窗外的烏鴉擺出射箭的姿勢。

怎料摩卡沒有運起死神的力量，烏鴉卻散發著強烈的紫黑光芒。

「死神的氣息……」摩卡生怕對方是來加害舒雅的死神，立即張開黑色的翅膀飛出窗外。

烏鴉拍翼高飛，似是刻意誘導摩卡追逐自己，摩卡無暇顧慮消耗，尾隨烏鴉降落到他熟悉的廢置工地。

「你到底是誰？」一降落地面，摩卡立即亮起死神鐮刀。

烏鴉變化成一個穿白西裝的人類小男孩，眼看年紀大約只有六歲，但摩卡不敢鬆懈，因為眼前的男孩散發遠遠超越他的死神能量。

「不用緊張，以死神的力量是對付不了我的……畢竟所有死神的力量，也源自於我。」

男孩輕嗟一下手指，摩卡手上的鐮刀便化作黑煙被他吸收掉。

「你是……死亡之神。」摩卡曾與他有一面之緣，不過那時候死亡之神並不是以這姿態現身。

成為死神之前，所有靈魂都見過死神大樓的主人——死亡之神一面，而這位統治死亡大樓的最高主宰，竟親自找上失格死神摩卡。

24 抉擇

廢置工地內，死亡之神降臨人間，小男孩的笑臉和他散發著的強大壓迫力形成強烈對比，教劍拔弩張的摩卡喘不過氣來。

「放心吧，我沒打算對你做甚麼，死亡是靈魂重要的一課，這一點對死神來説也一樣。」男孩帶著天真無邪的長相説。

「我只是想看看再次觸發百日機制的，是怎樣的靈魂罷了。」死亡之神建立了死神大樓後便一直行蹤不明，只會偶然現身大樓作重大決策。

「到底要怎樣，你才肯放過舒雅？」摩卡怒視著掌管死亡的最高決策人，他的一念之差，可以改變摩卡和舒雅的命運。

「放過她，那就不公平了，死亡是公平對待每個靈魂的。」死亡之神嬉笑著。

「公平？舒雅沒傷害過人，沒幹過甚麼壞事，這麼年輕的她還有無數未嘗試過的事就要死去，這叫做公平嗎？」摩卡憤怒地控訴，他所保護的是一個善良無比的人。

「這才是公平，無論是行善積德的，還是惡貫滿盈的，死亡也會無差別的降臨到他們身上。你，只是被個人私慾蒙蔽了雙眼，才幹出失格死神的行為，干擾靈魂該有的成長。」

然而對於公平的理解，死亡之神顯然和摩卡有所不同。

「廢話連篇……」摩卡覺得神明不可理喻。

「死亡是隨機降臨的，就因為人類不知道生命何時終結，才會珍惜所擁有的每分每秒，才有積極活出意義的決心，才能使靈魂有所成長。你的一個決定拯救了你眷顧的女孩，同時影響了另一個人的人生，剝奪了令一個靈魂成長的機會。」死亡之神逐步靠近摩卡，他的背後出現了一個巨大的黑球。

「你到底想説甚麼？」摩卡看到黑球呈現出一個他認得的男人。

「聖誕夜的交通意外，他本來會因為汲取那次教訓而獲得寶貴的改變機會，他的人生軌跡本應踏上正途。」過勞駕駛導致舒雅身亡的司機，本來會因此在監獄改過自新，而他的孩子會因為這經歷發奮圖強，擺脱貧困的生活，這家庭會得到幸福的未來。

「這個男人……」摩卡見過他兩次。

「但你改寫了他的命運，間接導致了更嚴重的悲劇，百日機制引致的交通意外，因為你的干預又再狩獵不到她的靈魂。」在舒雅校門前發生的交通意外，導致大量學童意外身亡，肇事的貨車司機就是當日的男人。

摩卡無法狡辯，案發當日他身處現場，看到這司機的時候他已察覺到冥冥之中自有主宰。

「靈魂之間就是這樣互相連繫著，影響著，一個靈魂走出原有的軌跡，就會像蝴蝶效應般帶來連鎖的影響……那女孩的生死，不只影響了那位司機和學童，你也一樣，因為百日機制而步向滅亡。」死亡之神知道摩卡的身體已開始透明化，這是靈魂消耗殆盡的先兆。

「就不能網開一面，放舒雅一條生路嗎？」除了下跪哀求憐憫，摩卡不知道還能做甚麼。

「只有她死去，百日機制才會終止，投胎轉世後她還可以有新的人生，你就不要白白浪費你的靈魂啦……還是你想和美娜一樣，看著深愛之人的靈魂掉進地獄受罪？」死亡之神輕拍摩卡的肩膀，他很清楚善良的舒雅不會任由摩卡消失殆盡。

因為生命的盡頭不等於緣盡於此，在靈魂重新轉世投胎後，有緣份的靈魂也許會以不同的形式再相聚。

「不一樣的。」但摩卡堅定的說。

「你是彌留了無數時間的神，你不知道對凡人……對舒雅來說能活多一天，能學多一點到底有多大意義。」最初回到舒雅身邊時，摩卡感覺舒雅的人生被巨大悲傷停止住了，當中，包括因為牠當天的不辭而別。

「或者她的確浪費了很多時間，但現在她已不一樣了，她還可以見識更多，還可以擁有更多幸福。」就像命運早有安排一樣，摩卡成為了死神回到舒雅身邊，把靜止不動的齒輪再次推動起來。

「我成為死神，就是為了守護舒雅這一輩子的幸福。」摩卡笑著，他已找到方法，能踏上和美娜不一樣的結局。

並不是所有事情也能重來，我們所過的每一天，也是獨一無二的。下一次、下一輩子，這些都是沒有人能保證的假設，唯有活在當下，做無悔的決定，才能無憾一生。

「如果說有命運，或者在更早以前……在我和舒雅相遇時，就注定事情會這樣發生。」時至今日，摩卡還對第一次感受舒雅懷中的溫暖記憶猶新。

「我見過人類之間被愛恨恩仇纏繞多生多世，但像你們這樣的，是第一次。無論怎樣也好……選擇始終是你的個人自由，這也許是你靈魂必經的一課吧。」死亡之神露出惋惜的笑容。

然後死亡之神化作無數烏鴉飛散開去，留下還在細味回憶的摩卡，在這摩卡曾逝去的地方。

舒雅家內，摩卡和死亡之神會面後便火速趕回來，死亡之神突然造訪，他不由得有不祥的預感。

「舒雅？」摩卡看見舒雅正躺在沙發上。

「在午睡嗎？真少見呢……」摩卡坐在舒雅身邊凝神細看。

舒雅本來就甚少休息，得知被死神盯上後她更珍惜活著的每分每秒，午睡對她來說，並非自然的事。

「該不會……」摩卡把手放在舒雅額頭上。

在美娜部長留給摩卡的文件中記錄了百日機制所進行的各種靈魂狩獵方法，當中有一種是摩卡特別在意的。

「該來的始終會來，現在就是最適合的時機了吧。」舒雅看起來並無一絲痛苦，但她的體溫正在慢慢下降，摩卡的手心感應到死神的氣息已入侵到舒雅體內。

夢中死亡，是在百日機制中最難以防備，最棘手的靈魂狩獵方法。

「小肥，我需要你的幫忙。」摩卡致電給小肥，他早前拜托了小肥的事，現在是實行的時候了。

不消片刻，小肥也來到舒雅的家，兩個死神看著正步向死亡的舒雅，小肥很快就猜到摩卡想要做甚麼。

「要終斷百日機制的折磨，現在是最佳的時機了。」摩卡握緊舒雅的手，他知道就算多不捨得，他終有一天要放開舒雅的手。

「你確定真的要這樣做嗎？舒雅她……不會原諒你的吧？」小肥面有難色。

「所以這一次，我要和她好好道別。」以黑貓完結的一生，摩卡不辭而別，對舒雅來説是慘痛的回憶。

「你稍等我一下。」這次摩卡不會重蹈覆轍，為了給舒雅幸福的未來。

摩卡握緊舒雅的手並閉上眼睛，意識進入到舒雅的夢鄉，那裡是百日機制製造的，用來令舒雅永不甦醒過來的美夢。

25 夢中殺

較早前，舒雅放學回家後便躺在沙發之上，她不知道為何今天比往常更加疲倦，眼皮沉重得她無力睜開，不用多久她便在沙發上沉沉睡去，待她再次張開眼睛時，一切也變得不一樣了。

「唔……睡得真好呢，再多睡一會兒吧。」舒雅蜷縮在暖洋洋的被窩中，不願起床。

「還再睡？太陽曬屁股了還不起床！」耳熟的責罵響亮又親切，舒雅的屁股受到的打擊真實又沉重。

「媽……媽媽？」舒雅驚訝不已，已故的母親竟就在眼前。

「你再不起床爸爸便會把你的早餐也吃掉了。」舒雅的母親溫柔的説。

思念的臉孔、溫柔的聲線，驚醒的舒雅立即眼泛淚光，還來不及思考便已淚流滿面。

「怎麼啦？我説笑罷了……你有這麼肚餓嗎？」母親抱著舒雅輕掃她的背部，舒雅渴望著這擁抱已不知有多少個孤獨夜晚。

舒雅説不上話來，夢境也好，幻覺也好，只要能留住這擁抱她便心滿意足。

「讓我就這樣多抱你一會兒好嗎？」因為失去過，舒雅才知道能擁抱的時間有多珍貴。

「但摩卡已在等你啊，再不梳洗準備的話，你們會遲到的。」母親的説話令舒雅莫名其妙。

「摩卡？」舒雅跟隨母親走出客廳。

「叔叔你的咖啡，阿姨你的熱朱古力。」穿著中學校服的摩卡已為他們準備好豐盛的早餐。

「明明是同齡的孩子，摩卡比我家女兒能幹得多。」母親和摩卡親切的對話，令舒雅更加一頭霧水。

「飯盒也準備好了，舒雅還不換衣服嗎？」同樣熟悉的臉孔和聲線，但摩卡有了另一個身份。

「為甚麼摩卡會在這裡的？」舒雅目瞪口呆。

「你在説甚麼傻話呀，摩卡是我家養子，當然會出現在這裡呀。」母親捏了一下舒雅的面頰。

「是比親生女兒孝順又懂照顧人的養子。」父親説著的同時，舒雅正為無比真實的痛覺所驚訝。

不再是來阻擋死亡的死神，摩卡有溫暖的肉體，有能和舒雅發展的未來，舒雅摸著摩卡的手，就算是虛象她也不願放棄這美滿的世界。

「為甚麼眼睛紅紅的？是發噩夢了嗎？」摩卡靠近舒雅的臉說。

「嗯……」如果可以的話，舒雅情願把過去都當成噩夢，因為舒雅很滿意現在的狀態。只要不醒過來，這裡就能是舒雅的現實，甚麼靈魂狩獵、百日機制，在這裡都不存在，這裡有她思念的父母，有她喜歡的摩卡。

上學路上，舒雅一直定神注視著摩卡。

「唉呀！」顧著看摩卡，舒雅不小心被凹凸的路面絆倒。

「走路時好好看著前面，小心一點不要受傷。」摩卡把舒雅扶穩並兩手握緊她的肩膀。

「因為……很新奇嘛。」舒雅的中學時期過得並不愉快，但有摩卡的學園生活令她十分期待。

「前輩、摩卡，你們又一大清早就曬恩愛嗎？」嘉琪邊跑邊說。

「我們不是這樣啦……我只是不小心罷了。」還擁有關係親切的閨密，這也和過去大有不同。

「不小心把恩愛曬出來嗎？」嘉琪停下來問。

「不是這樣啦！」舒雅激動地説。

「前輩的臉都羞紅了，不誠實的前輩就有勞摩卡你照顧啦。」嘉琪説罷又再匆匆跑向學校。

「哦。」摩卡理所當然的回應道。

「你哦甚麼啊？不反駁她嗎？」舒雅掩住紅潤的臉頰説。

「沒有甚麼需要反駁，你的臉的確紅了；而不誠實的你，我也照顧定了。」摩卡摸了一下舒雅的頭顱。

舒雅呆望著步向學校的摩卡，如果她的學生時代有溫柔的摩卡，有熱情的嘉琪，或者一切也會變得不一樣。

夢中收割是百日機制中最難以應付的靈魂狩獵方法，當日美娜也因此吃了很大的苦頭，而真正的摩卡其實已潛入到舒雅的夢境，不過他並未作出行動，以黑貓姿態來到夢境的他，正悄悄跟在舒雅附近，靜靜觀察舒雅的美夢。

課堂上，舒雅完全無心上課，就像命中注定的愛情戲碼，舒雅的座位剛好就在摩卡旁邊，日光穿透玻璃窗照射著摩卡俊朗的側面，令舒雅的視線無法移開。

「你打算盯著我的臉直至下課嗎？」專注的摩卡邊抄寫筆記邊說。

「感覺……很神奇嘛。」是夢還是現實，舒雅已不作深究，她享受這刻的美滿，這刻的和諧。

「嘻嘻……」舒雅伸出手指觸碰摩卡的臉。

真實的、溫暖的觸感令舒雅打從心底微笑。下一秒，摩卡牽起舒雅的手，藏到桌子底下緊握。

「摩卡！」被摩卡的舉動嚇一跳的舒雅輕聲喊道。

「為免你繼續亂摸，你的手要被我監禁到下課。」摩卡笑著，猶如一對小情侶，在學園談著戀愛。

舒雅雖然害羞，但心動的感覺已令她腦海一片空白，有血有肉的摩卡，父母健在的中學時代，這一切都是她夢寐以求的事，只要繼續沉醉，她就能繼續擁有這幸福生活。

「雖然是夢境中的我，但看著舒雅含情默默對著別的男生，感覺也不好受呢。」黑貓摩卡在心裡自言自語。

貓的佔有慾非常強，絕不輕饒搶奪牠物品或地盤的人。

「但……她終究要忘記我，開展新的緣份，才能獲得幸福的。」黑貓摩卡嘆了一口氣。

「摩卡，舒雅的生命跡象愈來愈弱了。」死神小肥在觀察著舒雅的狀況，隨著舒雅對夢境的依戀愈來愈強，她的脈搏呼吸也愈來愈弱。

「我知道了。」摩卡知道時間無多，能看著舒雅的時間已愈來愈少。

籃球場內，身手靈活的摩卡輕鬆穿過兩名球員的防守，走籃得分成為場上焦點。

擅於照顧別人的溫柔性格，俊朗不凡的儀表，認真學習的高材生，同一屋簷下的親密關係，像是完美情人的摩卡還不時注視著場外的舒雅，向她揮手微笑。

「真耀眼……」舒雅呆呆地說。

「對呢，前輩的男朋友是很值得炫耀啦。」嘉琪取笑著說。

「都說不是這樣了……」舒雅沒好氣的說。

「但大家也這樣認為呀，你看看周圍的女生，她們都在羨慕你，妒忌你。」舒雅曾經只有遭受排擠的中學生活，竟變得像被聚光燈照耀的舞台中心。

「難道你不喜歡這樣嗎？」嘉琪的話舒雅無言以對。

一切也是多麼美好，美好得無法挑剔。

「舒雅，我們回家吧，爸爸媽媽在等我們了。」摩卡說。

「嗯。」但舒雅卻覺得少了甚麼，她摸摸自己的頸項，空蕩蕩的感覺令她忐忑不安。

26 寵愛

舒雅和摩卡漫步回家，夕陽下二人並肩同行，在夢境裡的每一幕都像是電影般詩情畫意，摩卡的每一句説話也恰似精心設計的對白，一切只為了令舒雅稱心滿意。

唯獨頸項空蕩的感覺，像是不斷提醒舒雅醒來。

「舒雅，你怎麼啦？哪裡不舒服嗎？」摩卡把手放在神不守舍的舒雅額前問。

「不……我很好。」好得無法挑剔，卻又不知所措，所以舒雅後退了一步。

舒雅不記得缺少了甚麼，但直覺告訴她那是很重要的東西，是不能遺失的東西。

「是我做得哪裡不對，令你生氣了嗎？」夢境是由百日機制的人工智能所設計，它能精準計算出舒雅的慾望。

「不是……我只是……總覺得有甚麼忘記了。」舒雅不自覺地後退。

「既然忘記了，不就是不重要的東西了嗎？」摩卡伸手向前，但這令舒雅後退的步伐變得更大。

「不是這樣的，我記得……就算日子過得多艱苦，就算有多難挨，也是那東西陪伴我撐過去的。」就算人工智能有多先進精準，也沒法理解刻骨銘心這種感覺。

「那不就是我嗎？」摩卡想阻止舒雅繼續退後。

「不一樣的……」舒雅的右邊有一條和夢境格格不入的窄巷，在黃昏下特別陰沉。

「別進去。」摩卡慢慢靠近。

「喵～」窄巷內傳出貓兒的叫聲。

「舒雅，不要進去。」摩卡伸手想捉緊舒雅。

貓兒的叫聲熟悉而親切，舒雅不顧摩卡的阻攔快速步入窄巷，就算窄巷愈來愈陰暗她也面無懼色，勇往直前，因為她感覺到遺忘了的重要東西就在這裡。

「喵～」終於舒雅來到窄巷的盡頭，街燈下的紙皮箱內傳出貓兒的叫喊。

「我最重要的，不能忘記的，是你。」就算這夢境多美滿，舒雅也不願為此忘記，忘記雖然現實世界有多不堪，也有過給予她溫暖幸福的黑貓摩卡。

舒雅把紙皮箱中的黑貓抱起，像她們邂逅的那一夜。舒雅終於意識到頸上缺少的是摩卡給她的黑色鈴鐺，她的護身符，而潛入夢境的摩卡也回復死神的姿態。

「能靠自己的意志渡過這難關，舒雅你真了不起。」真正的摩卡珍而重之的擁抱舒雅。

「不是靠自己的，是因為你呀……我的貓咪，我的摩卡。」跟摩卡生活的時光，是無論任何代價舒雅也不願交易的寶物。

「這夢境一定又是百日機制弄出來的，你是來喚醒我的吧？那我們盡快離開這裡吧！」舒雅以為這次也和摩卡解決的無數次靈魂收割一樣。

「不，我不是來喚醒你的。」摩卡不想放手，他感慨舒雅的擁抱是這麼溫暖。

「甚麼？」舒雅不以為然。

「我已找到解除百日機制的方法了。」摩卡鬆開了手。

「真的嗎？」舒雅驚喜不已。

「嗯，這次真的能終止對你的靈魂收割了，以後你不用擔驚受怕，可以好好活出自己的人生。」摩卡看著舒雅的笑容，珍而重之刻進腦海中。

「太好了！我有很多地方想和你一起去，待一切準備就緒後，我們便環遊世界！我們快點離開這裡吧！」舒雅對未來有了期待，有了規劃，百日機制的結束是最好的消息。

「舒雅，我是來和你道別的。」可惜最好的消息，伴隨最壞的消息。

「摩卡……你在說甚麼呀？」舒雅感覺不妥，如果收割能結束，摩卡不該會露出這麼惋惜的表情。

「如果我又再不辭而別，我怕你會孤伶伶一個，等待我。」摩卡輕撫舒雅的臉，以他愈來愈透明的手。

進入百日機制設計的夢境後，每分每秒也會消耗死神的能量。

「怎麼啦？是因為工作關係嗎？往後你要多回陰間工作嗎？少一點來找我也是可以的……不要說得這麼凝重嘛。」舒雅開始察覺這不是一個美夢。

「只有經歷一次死亡，才能結束對你的靈魂收割，不然就算一百天一千天，你也會活在死亡的威脅中。」摩卡想到解決方法，而現在就是實行的最佳時機。

「那……我們像之前的日子般，繼續見步行步吧，我有摩卡你在嘛。」舒雅想握緊摩卡的手，但透明的死神是無法緊握的。

「繼續下去，我會無法保護你便消失殆盡，我不會讓這事情發生。」摩卡説著，身體也開始逐漸透明。

「那……那……」舒雅吞吞吐吐，她只感到強烈不安，不知道該怎樣應對。

「這一次，我們真的要説再見了。」摩卡已準備就緒。

「你為甚麼這樣説呀？你不是説過永遠會陪在我身邊嗎？我們能一起生活多久就多久好嗎？你不要擅作主張離開我嘛……」舒雅心急如焚，卻阻止不到摩卡的透明化。

「舒雅你是我生命中的全部，這一點讓我覺得，成為了黑貓和死神的這一生，真的太美好了。」摩卡微笑著説。

「但你值得擁有更多，擁抱更多。我希望舒雅你這一生，能美滿的渡過。」這就是黑貓摩卡最後的報恩。

「不……沒有你，我怎會過得幸福？怎會覺得美滿？」可惜摩卡報恩的方法，不是舒雅樂見的。

「會的，一切也會好起來的。」摩卡感激著說，感激這一生遇上了舒雅，遇上值得他奉獻一切的人。

「不要！」就算舒雅聲嘶力竭，摩卡還是在她眼前消失了。

摩卡並非為從夢中殺喚醒舒雅而來，他把舒雅留在夢境，以僅餘的死神能量回到現實。

「動手吧。」摩卡對小肥說。

「你真的……不會後悔？」小肥拿著死神鐮刀猶豫不決。

「嗯，這是我生命中最正確的決定。」摩卡無怨無悔。

小肥知道摩卡心意已決，作為摯友他只能尊重摩卡的決定，幫他完成最後的心願。

最終死神揮下鐮刀，舒雅卻因此得救，但待舒雅再次睜開眼睛時，摩卡已消失不見。

27

最終回

靈魂伴侶

兩眼淚痕的舒雅睜開眼睛，她記得夢中的所有片段，包括摩卡的最後道別。

「我是摩卡的朋友……是他拜托我來完成收割，結束百日機制的。」看著失魂落魄的舒雅，小肥也十分難過。

小肥把摩卡的計劃一五一十告訴舒雅，從百日機制的真面目，到摩卡被停職後死神能量每日減弱，再到摩卡所想到的解決方法。

較早前，摩卡回到現實後並沒有喚醒墮入夢中殺的舒雅，而是由得舒雅就此死去，因為只有死亡，才能終結無止境的靈魂收割。

「動手吧。」摩卡的計劃中收割舒雅靈魂的必須是他信任的人，因為待小肥切斷連接舒雅肉身的魂之尾後，摩卡要馬上進行最關鍵的操作。

以自己的靈魂作代價，修復斷掉的魂之尾，這樣就能令舒雅重新復活。摩卡一直在等候舒雅無痛死亡的良機，把僅餘的所有死神能量用來拯救舒雅，能量殆盡的他徹底消失在陰陽兩界之中。

「為甚麼……摩卡要這麼傻？」舒雅淚流披面，一切已成定局，摩卡再回不到舒雅身邊。

「我想……因為他真的很喜歡你，很想報答你對他的恩情吧。」小肥不懂得安慰舒雅。

「騙子……他明明說過不會留下我，不會離開我的。」舒雅乏力地說。

「某程度上，摩卡是真的兑現了這承諾。」造訪舒雅家中的死神不止一個，美娜部長也在較早前見證了摩卡犧牲自己的一幕。

「為了接駁回魂之尾，你的靈魂裡已包含了摩卡在裡面，往後他也會在你的靈魂裡，陪伴你繼續活下去。」同樣受苦於百日機制，摩卡讓美娜看到不一樣的結局。

「在我的……靈魂裡？」舒雅摸摸心口，發現摩卡送給她的黑色鈴鐺還在頸鏈上。

「還有那飾物，是摩卡以自己的死神能量做成的信物，理論上如果他徹底消失殆盡，這鈴鐺也應該不再存在。」美娜能感覺到鈴鐺有如摩卡靈魂的一部分。

「所以說……摩卡他可能沒有完全消失，可能還會回來嗎？」舒雅也感覺到一股暖流在體內，像是在安撫她叫她不要落淚，令她不再寂寞。

「這是前所未有的先例，我無法回答你……不過，我相信摩卡已作出了他無悔的選擇，希望你能珍惜他的心意，接受他的決定，好好活下去吧。」美娜不知道如果時間倒流，她又會不會做出相同的選擇。

摩卡的犧牲是否值得，取決舒雅的未來會活出怎樣的色彩，舒雅緊握著鈴鐺默默決定，不會再過回之前的那種生活，她要帶同摩卡的靈魂，同遊廣闊的世界。

五年後。

「是的，稿件已經翻譯好發送給你了。」

澳洲的一個小鎮上，舒雅剛好完成工作，在露天咖啡室享受著悠閒的下午，她整理著手提電腦內的旅遊照片，每到一個城市舒雅也會拍攝不少當地的明媚風光，久而久之電腦的內存空間也快用盡了。

「嘉琪？聖誕快樂。」舒雅接聽手機來電，五年後的嘉琪已成為模特兒，活躍在時裝界中。

「前輩你那邊現在很暖和吧？我在法國快要凍死了……」嘉琪時常出席各大時裝周，她和舒雅一樣，不停穿梭世界各地。

「嗯，澳洲的聖誕可說是風和日麗，怕冷的摩卡應該也會喜歡的。」舒雅邊撫摸著頸鏈上的黑鈴鐺邊說。

得到專業翻譯學歷後，舒雅主要的工作是翻譯外語小說，精通多國語文的她工作接連不斷，而她不只能學以致用，在多國生活無阻，工作也不用長駐一個地點。

「你還未忘記那不負責任的男人嗎？前輩你的青春都浪費在他一個人身上，值得嗎？」舒雅沒有把實情告訴嘉琪，在嘉琪眼中摩卡是個不折不扣的壞男人。

「我知道他會回來的，而且我沒有在浪費時間呀，每一天我也過得很充實。」舒雅的每一秒也是摩卡以自己的靈魂為舒雅換來的，所以舒雅不敢浪費，生怕在她靈魂裡的摩卡會責備她。

舒雅實踐了和摩卡環遊廣闊世界的夢想，也兑現了好好過活的承諾，舒雅在不同的城市學習烹調當地美食，她的社交媒體和部落格已累積了數十萬忠實的粉絲。

「前輩你過得快樂就好，我不該多說甚麼……不過我有不少優秀的男性朋友對你很有興趣呢，不如我替你安排一下相親吧？」摩卡消失後，雖然嘉琪不見舒雅落淚消沉，但她總覺得舒雅只是在強顏歡笑。

「不要，我還有很多事情要做，很多地方要去啊，我先掛電話啦。」每當討論到戀愛話題，舒雅也會盡快結束。

舒雅的確寂寞，也的確時常強顏歡笑，但她不孤單，她感覺摩卡還是與她同在。

「這裡萬里無雲，夕陽西下的景色一定很漂亮，你説對嗎？摩卡。」舒雅習慣了摸著頸上鈴鐺自言自語，那是死神的信物，她相信只要這鈴鐺沒有消失，她的説話一定能傳達給摩卡。

舒雅走出了不枉的人生，如果沒有摩卡，或者她早已不存在，又或是有如行屍走肉般過活。生命的意義不在乎長短，在乎當中的質素和經歷，這才能令靈魂有所成長，而非百無聊賴地渡過一生。

「暖和的聖誕節，摩卡你喜歡吧？」舒雅笑著漫步在行人天橋上。

雖然偶然還是會難過，但舒雅仍懷抱著希望，只要還帶著希望前行，奇蹟，就有機會發生。

「嗯，感覺還不賴。」熟悉的聲音從後而至。

摩卡曾經承諾過，只要對鈴鐺呼喚他，無論他身處何方都一定會回來舒雅身邊。

黑貓對主人有恩必報，而且黑貓絕不對主人説謊。

「摩卡……」舒雅笑著落淚，在不再寒冷的聖誕節，再次和帥氣的黑貓相遇。

全文完

花漾 02

那隻報恩黑貓是帥氣死神

作者　陳四月
插圖　多利
編輯　小尾
策劃　余兒
封面設計　faminik
內文設計　siuhung
出版　創造館有限公司
荃灣美環街 1-6 號時貿中心 6 樓 4 室
電話　3158 0918
發行　泛華發行代理有限公司
香港新界將軍澳工業邨駿昌街七號二樓
印刷　美雅印刷製本有限公司
出版日期　2022 年 7 月
ISBN　978-988-76142-4-1
定價　$78
聯絡人　creationcabinhk@gmail.com

創造館 CREATION CABIN

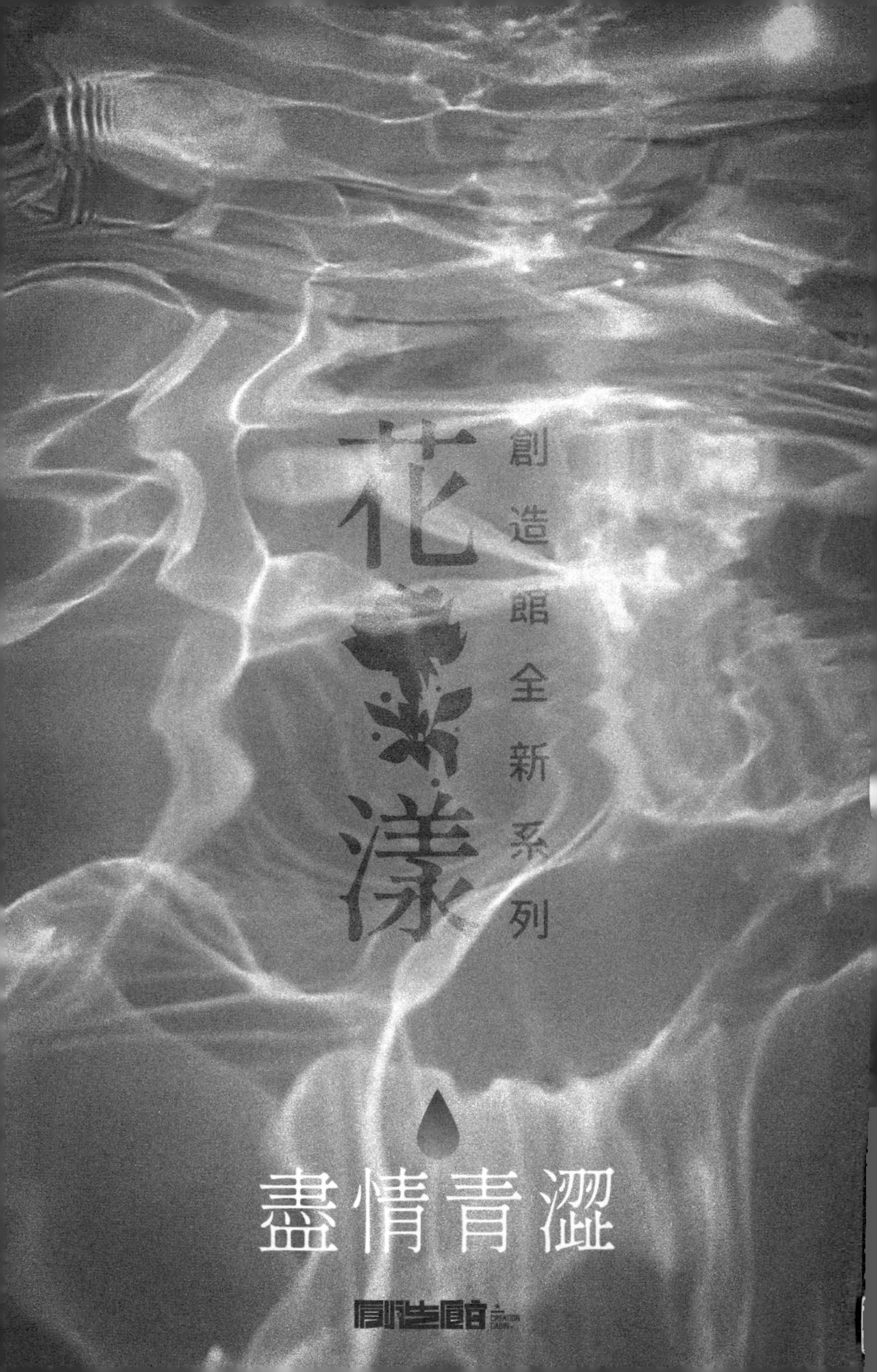
花漾
創造館全新系列
盡情青澀
創造館

我們，在創造。

We Create